清湯白飯

周小芳書

東瑞 著

獲益出版事業有限公司

獲益

清湯白飯

著　　者：東　瑞
封面設計：東　瑞
封面書法：周小芳
校　　對：周小芳
主　　編：東　瑞（黃東濤）
督 印 人：蔡瑞芬
出　　版：獲益出版事業有限公司
九龍土瓜灣道94號美華工業中心B座6樓10室
HOLDERY PUBLISHING ENTERPRISES LTD.
Unit 10, 6/F Block B, Merit Industrial Centre,
94 To Kwa Wan Road, Kowloon, H.K.
Tel: 2368 0632　　Fax: 2765 8391

版　　次：二〇一七年九月初版

國際書號：ISBN 978-962-449-587-4

來自生活　高於生活

——序東瑞《清湯白飯》

●蔡瑞芬

由於純文學生態的艱難，也由於小小說創作的難度，加上東瑞創作文體的多元化，這本《清湯白飯》的出版，距他上一本小小說集《蒲公英之眸》（二零一五年六月出版）竟然有兩年之久了。

雖然不是小小說專業户，《清湯白飯》已經是東瑞的第十六部小小說集。從七十年代起他開始用業餘時間進行文學創作，僅是小小說就超千篇，結集成書的有《塵緣》（一九九一年●新加坡成功出版社）、《都市神話》（一九九二年●獲益出版事業有限公司）、《逃出地獄門》（一九九五年●獲益出版事業有限公司）、《還是覺得你最好》（一九九六年●獲益出版事業有限公司）、《讓我們再對坐一次》（一九九八年●獲益出版事業有限公司）、《留在記憶裏》（一九九八年●獲益出版事業有限公司）、《朝朝暮暮》（二零零零年●

獲益出版事業有限公司）、《東瑞小小說》（二零零三年•獲益出版事業有限公司）、《相逢未必能相見》（二零零八年•獲益出版事業有限公司）、《天使的約定》（二零一零年•光明日報出版社）、《魔術少年》（二零一零年•江蘇文藝出版社）、《小站》（二零一二年•獲益出版事業有限公司）、《雪夜翻牆說愛你》（二零一三年•河南文藝出版社）、《轉角咖啡館》（二零一三年•四川文藝出版社）、《蒲公英之眸》（二零一五年六月•獲益出版事業有限公司）。

幾十年來東瑞為創作、推動，繁榮和發展小小說不遺餘力。在香港，他和我一道，為香港和印尼華文文友出版了不少微型小說集，我們公司也成了香港出版小小說書籍最多的出版社。東瑞在香港、印尼等地做了無數次的小小說徵文比賽評判，身為香港華文微型小說學會會長，他不但經常受邀請在香港和海外做微型小說講座，在中學做欣賞和創作微型小說創作坊的導師，還在網絡上和博客裏推動這一種文體，與原來不怎麼寫小小說的文友切磋創作經驗。為了表彰他小小說創作的成績和推動小小說發展的貢獻，從二零一一年開始，東瑞先後獲得小小說創作終身成就獎、第六屆小小說創作金麻雀獎、世界華文微型小說傑出貢獻獎。照我看，這些榮譽他都當之無愧，實至名歸。難得的是，他卻聞過則喜，馬上放下，又從零做起了。從不躺在功勞沙發上沾沾自喜。他寫過《文學的高山和大海》，寫過《不要人為地製造大師》表明他的心志，在他看來，自己的成績是那麼微不足道。他這幾十年業餘寫下幾千萬字，就從不見在他簡歷裏提及。

本書收東瑞自二零一五年六月以來所寫小小說三十幾篇，短篇小說七篇。雖然不是太多，但都是東瑞認真之作。東瑞的小小說，我幾乎都是第一個讀者。雖然很忙，他常常希望我提些意見。他的小小說題材，大都是從生活中來又高於生活，都是言之有物，寄寓豐富的蘊意。尤其喜歡和擅於描述小人物的喜怒哀樂、人性的善惡愛恨，充滿悲天憫人的慈悲情懷。

或者與我們的共同經歷和生活體驗有關，如《島上的書節》描述我們一段艱苦的創業經歷（離島展銷）；《小巷餐廳》寫了我們一位僑友和認識的一家餐廳老闆的故事；《狼藉》也是根據真實的事改編；《兩箱書》是我們出外開會常遇的難題；《燕窩驚魂》乃是在某個機場的遭遇，至於《朝夕，散落一地的碎晶》幾乎是我們每日的生活寫照了。

或者與我有關。如以他年輕時候愛的追求為題材的，有《第299封情書》、《大藥方》、《妳是我最早的夢》等。這幾篇都以我為模特兒，已經加入小說和戲劇元素，甚至增添了搞笑的情節，令我發出會心的微笑。《珍珠戒指》來自我對他講的事情的改編；《招財貓》是他見到我在旅途中每進一家商店後、後面總是跟着一群團友或遊客、旺了該店的生意的有感而發。

或者與他個人的生活體驗及感受有關。如《從鐵門縫隙看孫子》源於有次他在病中，非常想念小孫女，又深怕他傳染給孫女，就借那次特別的探視寫了該篇；《在天堂我們還要相見》他寫母親和已故的二哥；《借》是他被一位女子「借」入小說的小說化。最妙的是《小可愛和小憐愛》以看顧嬰孩的特殊角度寫出了印尼女傭為謀取家人生活來源所做出的感情犧牲，在小小說這種文體中堪稱頗為罕見。而《回程的列車》寫了自己的童年。

當然，最多的靈感還是來自聽來的他人的故事以及某些生活場面給他的感受和啟發。如《新衣》《微笑》《左右攤檔》《後事》《上九龍塘》《書葬》和短篇《臉》等。有時，對世事有看法，對人性善惡有所思考或一星半點的靈思妙想也都會令他謀篇成章。如《投票》《導遊笑咪》《歹念》等，最妙的是《清湯白飯》不過是有一次我們到快餐廳吃飯，他見到旁邊一位老年食客只是在吃清湯白飯，我們進行了幾句悲天憫人的對白後，就引起了他創作的觸機，還得了獎。這樣的例子舉不勝舉。他非凡的創作力和豐富的想像力可見一斑。

本書最末部分收了東瑞幾篇在網絡上「文字舞會」所參與的小說作品和一般意義的短篇，幾乎每一篇在結構的新穎和意念的創意上都有所表現，引起熱烈的反應和好評。

東瑞的人生理念是健康第一，家庭第二，事業第三，創作第四。他雖然熱愛寫作，但更重視前三者。我想，這是他不斷有新作的重要原因吧。

目錄

東瑞

那一張遺囑

莫家兒女都不知道老媽走的時候留有遺囑，中風的她在最後一個月連話都無法說了，怎麼會有遺囑？但林護士言之鑿鑿，有張老媽的遺囑在張律師那裏，三個月後會公佈。老大老出差，大部分時間不在城裏；老二、老三和他們的媳婦每天向護士緊追不捨，么女和她的夫婿也焦急不堪，不斷打電話，要林護士提供張律師的電話。林護士被糾纏得很煩，說，你們不要再打來了，張律師過三個月後會聯繫你們。張律師說這兩個月你們處理好莫太太的後事，要不然還會將公佈遺囑的日期無限期地退遲。莫家兒女聽到這一句，個個頭都大了，都懷疑林護士在戲弄他們。老媽中風、患糖尿病的這三個多月在醫院病牀的日子，他們總共每人平均只來過七八次，而且每次不到十五分鐘就走，那麼無情，那麼冷酷，連許多護士都看不過眼。會不會林護士放假消息？

不過聯想到自從老爸走後，一切動產、不動產都歸老媽名下，粗略統計也不少於三千萬港幣，誰不動心？誰不眼紅？誰不想都分得一杯羹？最好是分得比誰都多，更好的是全部都歸為自己！

你們怎麼那麼急？不相信，你們就問吳恬愉吧，她幾乎天天來醫院服侍她老人家，老太太咽最後一口氣時，你們都來不及趕到，只有吳恬愉在場。她可以見證。

於是吳小姐被他們好幾個人糾纏，要她說出真相。她說，有那麼回事，有一份遺囑已經交到律師行。內容我也不知道，絕對保密。莫太是用手勢比劃讓護士寫下來，當場就有一位律師見證，ＯＫ後就存在律師行，三個月後由律師執行。我實在不知道遺囑具體內容！

莫太出殯前夜，在靈堂的告別儀式上，莫家兒女媳婿都不讓吳恬愉進入祭拜。

二媳婦指着她的鼻子嘲笑：「不要説妳還沒過門，我們家族也都不承認你准大媳婦的地位。你憑甚麼和我們家屬站在一起？」三媳婦對着她上下都不是名牌的服飾搖搖頭道：「自己也不照照鏡子，人都死了，你貪圖甚麼呢？何況大哥和你的關係也沒定下。你是連進靈堂的資格也沒有！」説着就動手欓着她。正在僵持不下的時候，從外地趕回的老大見狀，呵斥道：「你們別做得太過分了！就算不是我的女朋友，就當着是我的朋友，你們也該放她進去！」恬愉望了大哥，眼中充滿感激和遺憾，感激的是她心愛的莫家老大義氣不缺，遺憾的是他性格不夠堅強，意志薄弱，明明也喜歡她，但又猶豫寡斷，無法勇敢力排眾議，反抗她們歧視她出身微寒的蠻橫偏見，令他們的戀情膠着，眼看就要無疾而終。

恬愉由老大「護駕」，走進靈堂，站在來賓的最後一列，向莫老太鞠三次躬。望前方的遺像，想到老媽媽最後三個月的日日夜夜，都幾乎和自己度過，不禁眼眶中滿含了眼淚。每天中午、傍晚的探病時間，她風雨無阻地來到，陪伴老太太，幾乎風雨無阻啊。從小失去父愛母愛的她，已經將莫太當母親般服侍于晨昏。那些日子，她看到了莫家子女藉口工作忙碌很少來探望母親、對母親的冷酷無情。她想到了最後無法講話的老媽媽那麼可憐，要是手上沒有那三千萬，可能早就被送進養老院一了百了。他們即使來醫院，沒有一個子女為老人家帶東西來，更沒有人願意多呆一會，喂老媽媽一口粥！恬愉想到，縱然自己的婚事最後告吹，她也要陪伴老人家最後一程，不要令她的人生有太多遺憾，走得太冷清寂寞。在那些日子裏，老媽媽看她的那種憐愛的眼神，以手撫摸她臉頰頭髮的動作，令她感到自己就是她的親生女兒，她感動，流淚，感受到了一種遙遠的久違了的母愛又緩緩地回到了身邊。

三個月時間到，所有的莫家成員都被通知到律師行。張律師要宣讀莫老太的遺囑了。最奇怪的是吳恬愉也被通知，一早坐在會議室一角。

「她？」莫家兩個媳婦和老二老三、么女和老公都在腦海裏畫一個大大的「？」

醫院林護士說：「莫太太在醫院的最後日子，幾乎都是靠吳小姐照顧的，那時都不見你們半個人影？你們只是在出殯和今天到得最齊。你們不知道莫太為甚麼那麼快走？我有必要說給大家知道，說不夠的請吳小姐補充。……」

那三個月的畫面是如此清晰地呈現了——

吳小姐都在每天中午十二時準時來到，風雨無阻。她為莫太太抹身，一口一口喂她吃粥，將藥掰成兩半，放到老媽媽口裏，又將插管插進杯裏，讓她呑藥，然後為她抹嘴。為她調節病牀高低，然後為她收拾飯枱上的雜物，忙足一小時。走時還親親老媽媽的臉頰。晚上六時半探病時間吳小姐又準時來到，那碗晚飯又是吳小姐一湯匙一湯匙餵的。擦身、換衣、服藥、大小二便，都是靠吳小姐。走前，她又親親老媽媽才走。我們上下都以為她是她的親生女兒，沒想到連媳婦都不是！吳小姐是有工作的人，可以做到這一地步，那時你們在哪裏呢？老媽媽是苦過來的人，莫先生在世時她就勤奮地協助他打天下。她最盼望的是在最後的日子你們做兒女的能來看她，可是很遺憾的是你們沒有盡兒女的孝義和責任。你們做得怎樣，你們心中有數。老媽媽心情不好，病情急轉直下！

「莫太太臨終時，手緊緊抓住吳小姐的手不放，吳小姐擁抱着老媽媽哭泣。」

「你們說，吳小姐該不該來呢？」林護士最後說。

張律師宣佈老媽媽遺囑——

大意是：三千萬遺產的兩千萬歸林恬愉名下，她陪了我最後一程，照顧我無微不至，比我親生兒女還要親。她雖然還未過門，但是我最好的媳婦。老大，你不要傻，你最好的送終人就是恬愉！你們結婚時，反對她入門的都要出席婚宴，否則剩下的一千萬全部捐贈慈善機構，誰也別分得一分錢。

小可愛和小憐愛

每回抱着主人家的小可愛餵奶時，女傭天娜會想起家裏自己的兒子小憐愛。小可愛的小臉慢慢變成了家鄉小憐愛的小臉。

也是一歲半，也是男孩，她想起了小憐愛未滿一歲時就離開她這個媽，心中就有股內疚無法釋懷，那時她就會淚眼模糊，趕緊掏出手拍抹淚，生怕給主人家看到。

半年前，離開家鄉那天清晨，小憐愛已經放在姐姐妮娜的房裏，熟睡着，姐姐怕她傷心，叫她別過來了，自己拉皮箱走吧！否則見了幾條手帕都不夠呢？她沒聽。依然躡手躡腳過來了。小憐愛睡在姐姐的身旁，睡態那麼可愛，雙頰紅撲撲的，她還是忍不住了，趨上前去親了他一口，她的小憐愛就被驚醒了。她一不做二不休，就抱起他，緊緊摟在懷裏。小憐愛似乎有第六感，知道母親將有遠行，一放下他就哭，一放下他就哭，她也就捨不得放下了。姐姐妮娜說：「你看你看，你就是不聽我的話。教你走你就是不走，再下去你就遲到，上不了飛機了。放心吧！我每天都打一次微信，報告小憐愛的情況。」老公也開始緊張了：「還不走？小憐愛快給妮娜抱吧。」天娜讓妮娜接過小憐愛去抱抱時，小憐愛發出淒厲的哭聲。那哭聲撕裂天娜的心。但她卻確實不能不走了。

在飛機場，老公送她送她進閘口，接着她就一直魂不守舍的，坐在滿是印尼女傭的機艙裏一直掉淚。每每想起小憐愛，要闊別母親兩年才能再相逢，她就哭了。每當此時，姐姐的話就令她感到安慰：「放心地去吧，我把小憐愛當着我親生兒子般照顧，妳還擔心甚麼呢？」丈夫的話令她安心：「甚麼粗活我都肯做，加上你的收入，我們一家子都可以過得很好呢？」媽媽說：「去吧去吧，家裏的事沒甚麼好牽掛的，我會安排，你辛苦些，但你的收入每個月比這裏還多四五倍呢？」她就笑了，是的，在家鄉和城市裏，工作不好找呀，要日子過得好，要小憐愛喝奶粉，長肉，她出來闖蕩天下，是物有所值的，是好應該的啊。……

思念得深了，小可愛的臉會漸漸幻化成小憐愛的臉。當天娜對山高水遠的兒子有一種歉意的時候，她會把小可愛從小睡牀上抱起來，輕輕地搖動，一直到他進入夢鄉，她口中輕輕呼喚的是家鄉小兒子的小名：「小憐愛，乖，小憐愛，乖乖……」彷彿，無論甚麼種族的幼嬰，都能體諒普天下的母親似的。她們為了孩子們生活得更好，就必須離鄉背井，到海外討生活……要不是在本國生活艱難，她也不會這樣地和姐姐妮娜輪流來香港給人打工啊。姐姐，在主人家打了一年工，照顧小可愛到一周歲，因為要回去結婚，半年前就由她來接班了。她是重新簽約，一簽就是兩年。

這一天，是小可愛足足滿一周歲半（十八個月）的日子。她知道小可愛的主人家晚上會買小蛋糕來一次小慶祝。主人家夫婦上班時，天娜乘着用小推車推小可愛上街時，花了百來元港幣買了一隻色彩鮮豔的電動布小狗，與她同來的打工女伴問她做甚麼用途，她如實說了，女伴搖搖頭，笑她傻。哪有工人送禮物給主人家的小兒子的？誰都不知道，天娜的特殊心理，就是將主人家的小可愛當着遠方家鄉里自己的孩子小憐愛的，如此，她心裏才會好受一些。

小可愛的父母下班回家，吃過晚飯後，天娜收拾好碗筷，就將他們買回來的小蛋糕端出來。女主人囑咐她將蛋糕切成四塊，其中一塊讓天娜吃。天娜客氣地謝絕了幾次，女主人不悅，道：「你把小可愛帶得那麼好，喂得又白又胖，肥嘟嘟的，我們高興呀！你把小可愛當自己兒子般疼愛，我們也把你當自己人啊！」

「謝謝先生太太，你們真好人啊。今天是小可愛十八個月大，我也買了一個小禮物給他玩。很一般的，希望你們不要嫌棄啊。」天娜說道，將電動彩色小狗從盒子取出來，遞給坐在塑膠圍欄裏玩的小可愛玩，小可愛很高興抓過，玩開了。

「天娜，妳真有心呢，謝謝妳啊。」女主人說。

男主人將盛在紙碟上的蛋糕推到天娜的位置前，說：「吃啊。」

他們平時忙碌，難得有閒空打聽天娜孩子的情況，天娜說，我的小憐愛也是和你們的小可愛差不多一般大，只小兩天呢？每天抱小可愛在懷裏餵奶，就像抱着我的小憐愛，就會減輕我對他的掛念啊。主人家夫婦倆都笑起來。邊吃，天娜將老公傳來手機上的兒子照片打開給主人家看。

為了不妨礙天娜白天做事，天娜的老公或姐姐都會在隔天或每天香港時間午夜十二點左右發來一兩張家裏小兒子或張嘴笑、或睡覺、或沖涼的照片，天娜看得愛不釋手，對着手機的小畫面親了又親。

有幾次，天娜房間裏傳出了呼喚「小可愛」的驚恐聲，小可愛父母以為兒子發生了甚麼事，緊張地沖進來，卻看到小可愛好好地睡在小牀上，甚麼事也沒有。但卻看到天娜在睡牀上坐起來，一額頭都是汗水。原來她做了惡夢，看到兒子小憐愛自己過馬路，一輛車子開過來……

最奇怪的是星期六早上，天娜與姐姐通電話，幾次問起兒子小憐愛的情況，說出來的確是「小可愛」「小可愛」……。這一天，她放假，據說到尖沙咀見朋友去了，回家，她帶回了兩個像框，一個，框着小可愛笑得燦爛的照片，送給了主人家；一個，框着小憐愛笑得開心的照片，她擺在自己牀頭。女主人跑進房裏將小憐愛的拿出來，和小可愛那張對着看，點點頭，自言自語道，只是皮膚顏色不同，小憐愛稍微黑一點，兩個幼孩笑容都那麼像。

天娜點點頭表示認同，心裏想到是，如果她不是移情於小可愛，她在異鄉香港的日子將是多麼難捱啊。

每回抱着主人家的小可愛餵奶時，女傭天娜會想起了家裏自己的小憐愛。小可愛的小臉慢慢變成了家鄉小憐愛的小臉。

她的心，就舒暢愉快，快樂得滿眼都是熱淚。

上九龍塘

孤零零地度過三十幾年的她，對那種自由自在的生活不喜反厭。

見到人家夫唱婦隨，如膠似漆，見到不少女性小鳥依人，被老公疼愛得像吹彈得破的瓷像，她就暗生羨慕。但口裏不說，是的，口裏說的都是酸語醋言，諷刺幾句，大意是她不稀罕婚姻，不稀罕家庭，她如今自由、她覺得無拘無束最好。然後，有機會就向一些她好感的男子撩撥和開火，把他們都看成和她三十幾年前的背信棄義的丈夫一樣不堪，這是一方面；另一方面也好奇怪，她好感的當然毫無例外地都是「人家的丈夫」。唉！真是造孽呀！她心裏想到是「奇怪，結了婚的男子就是不同，那種成熟味道只是嗅一嗅已過癮。」

人們都以為，她就那樣，後半輩子都決定做單身貴族了。

最後的結局是，不。

都跌了一地的眼鏡碎片了。

她進駐了香港高尚住宅區九龍塘範圍。嫁了個大胖子。再嫁，大家都為她慶幸，為她祝福。丈夫確也曾經是「人家的丈夫」。他是個胖子。胖子當然也很好，沒甚麼的，不能以外形取人呀。

但，胖子丈夫把她當禁臠似的，那才出乎意料，慘不忍睹。據説胖子還是市議員、油畫協會名譽會長，戲劇學會榮譽會長……還有一大堆的用錢買來的虛銜。但是絕不准她參與所有有關市裏婦女、她的女友們組織的業餘活動，她對烹飪、剪裁、電腦、跳舞、唱歌、插花、繪畫等等都很感興趣，但沒有一樣可以獲得他的允許。

「妳可給我好好在家呆着。」胖子丈夫口氣是那樣怨恨十足，想起了前任老婆就是因為給予太多自由、活動參加得太多，給一個小白臉拐走了。那一次舞會他沒參加，誰會想到，她倆乾柴烈火的，雙雙跳舞就跳到牀上呢？因此，胖子丈夫警惕性十足，連司機也不許她接觸，當然，她要自己一個人出外，也就比登天還難了。因為，她和一些欲望強的女性看了都會想入非非的健壯粗獷的異族司機，分分鐘都會給他戴綠帽，他怎可以麻痹大意呢？因此，到超級市場，他讓她進去，他寧願在門口站着、等着。監視着她的一舉一動。她回來，臉上寫着不屑，他冷笑道：「誰叫我是妳的一丈之夫？！」

在家，他「關心」着她，指定她每天每時每分，該佔據着空間的哪一個位置。他看電視時，最好視角的位置若是她坐着，他會驅趕她。晚上他脾氣不好、想獨睡時，他不准她入雙人房，把她趕到她的個人書房。需要她時，也從不問她是否有興致，反正是招則即來，命令她快除衣，整個晚上讓她翻來覆去，他則像貓玩老鼠那樣慢慢折磨她、折騰她。

他說：「最重要的是，妳要聽我擺佈。妳再嫁給我前，我都已經讓妳考慮清楚。是不是。你完全沒有猶豫，因為妳早就想好了，我比你大二十歲，又有病，不出幾年，我所有的都是你繼承了。是不是。妳不要以為我是胖子就傻，妳心裏怎麼想，我比你還清楚。」

……迄今她被玩夠了、禁錮夠了，她有時會歎息，她在這九龍塘的別墅內的價值比籠子裏的金絲雀還不如。但她怎麼好說呢？

她的得意口頭禪是「我老公……」讓人知道她有老公了；她唯一好說的是：「甚麼時候上我九龍塘的家」，呵呵。兩者都很「意象」的。

當別人似乎風聞到甚麼、輕露嗤之以鼻的表情時，她心裏想的是：「好吧，十年內我們再見高下吧！」

縫補

在醫院，十幾天來因為行動不便、漢哥又不願意讓年輕的護士看到或觸及他的重要部位，已經十幾天沒沖涼了。一股體臭，混融了藥味、汗酸或甚麼，連自己都無法忍受了。

我來給你抹，你那樣下去不行的。心姐年紀大漢哥只有一兩歲，不管周圍七八個來探病的親友，當着大家的面說他。也不再理會他同意不同意，拉起病牀的布簾，很快就將他與眾人隔開。她快手快腳抓起漢哥的毛巾就往洗手間搓濕，跑回來，掀開布簾，只見漢哥漲紅了臉，坐着；心姐解開他上衣的上面兩顆鈕扣，下面一顆鈕，手勢老到地用毛巾往他前胸一貼，就從脖子往胸部輕搓慢抹，再往他背部伸過去，心姐的胸部晃動着，幾乎觸及他的鼻粿。當心姐將他上身抹了一遍，又跑開去搓水，搓去污跡，又來了。她要漢哥俯臥在牀，給她背面，可是漢哥手腳僵硬，，試了幾次都不行，心姐只好協助他，翻了他身體。漢哥像一個大字伏在牀。脫！快！心姐喊了幾次，漢哥不知是羞澀還是沒勁，就是沒回應，心姐也不客氣、沒有猶豫，將他那醫院派發給病人穿的寬鬆長褲一拉，拉到膝部，漢哥那光裸裸的屁股就暴露在空間了！心姐見到那白白的尿片，笑了一下，一拉一甩，尿片就被甩在地板上了。

你還不洗，還不抹！整個屁股都是黑的了！心姐沒有顧忌，大喊。

布簾外，幾個親友中的單身漢，都在議論了。

活着，沒錢娶老婆，能讓心姐抹一次身，死了也值了！他們大有那種「牡丹花下死，做鬼也風流」的感慨。當然他們哪敢有太多幻想？最多就盼一雙玉手能摸摸他們呢。

這個漢哥，幾世修來的福氣？那麼高貴優雅的、漂亮的女老闆，居然願意做這些服侍人的勞作？恐怕你我都沒有這機會這福氣呀。

……布簾內，漢哥已經翻過身來。心姐第三次搓過毛巾回來，將它擰成如一個小圓筒，扔到漢哥兩腿之間，說，自己來吧，不然我要代勞了。她是故意嚇他，她知道漢哥這單身漢，能省則省，太懶惰了。這一來，漢哥渾身一震，趕緊抓住毛巾，頃刻就坐了起來，自己往重要部位抹擦。

從小就在異國小鎮一起長大的漢哥和心姐，幾經輾轉奮鬥，都先後來到這大城市發展。幾十年後，心姐已經憑着自己的本事、善解人意和廣結人緣，有了自己成功的事業。在日用品銷售行業中列為「十大」之一。心姐把窮困潦倒的漢哥請了來，讓他管理一間大倉庫，也做她的私家車貼身司機。

心姐和先生一起闖蕩天下，可惜幾年前，一次車禍，令丈夫從此與她陰陽兩隔。身為司機的漢哥，一直單身，心姐儘管因為生意需要已經出入上層社會，但秉性純良，一直關懷着漢哥的生活起居。漢哥衣着隨便，從不願添置新衣，破了有礙觀瞻，女紅從小就一流的心姐居然樂意替她縫補。事業那麼忙，心姐把他當弟弟或半個兒子般關心，漢哥內心非常感激。心姐丈夫出事後，充滿幻想的漢哥，夜裏常不時做着同一種綺夢，夢見每次半夜起來如廁，回房總發覺身旁睡着心姐。他分不清那是夢？還是眼花？還是怎麼回事？他趨近，用手往牀另一邊摸去，空空如也，哪裏有人？

每到此時，漢哥會坐着，先是愣了半響，然後用右手掌和左手掌，左右開弓地捶打自己的臉頰，自責地罵道，你怎可以這樣！你怎可以這樣！心姐待你這麼好！你竟然夢見和她睡！你太不該了！你該死！

老實的他，知道心姐人極度聰明，他唯恐心姐發現他的這邪念，就把它寫成短信準備老實交代，最後一句是，我們屬於兩個不同階級，怎麼可能啊？他想交給心姐，祈求心姐的原諒。可最後他還是把紙條塞在枕頭下，猶豫多日，不知該交不該交上去。週末那一天下午，沒想到那麼巧，心姐想看看他的居所，到來後，他進到廁所時，心姐就在他睡牀觀察，抓起那枕頭套烏黑邋遢、發出陣陣異味的枕頭上下看看，皺起眉頭。突然，就發現那張紙條，她迅速打開看，差一點笑出聲來。

週一，漢哥進心姐的辦公司請示工作。心姐指着自己身後牆上一張全家福照片。鏡框內，除她兩公婆外，還有兒子、媳婦、內孫子、女兒、女婿、外孫女，總共八個人。

這是我全家福。最近才掛上去。你看過嗎？

漢哥搖搖頭。

心姐的丈夫生前和她的一張合影，放在小鏡框，斜豎在她枱面。她忽然轉了正面給漢哥看。她笑起來，道，有了這些，我還需要甚麼呢。每次旅行，他們都會約上我。工作上，仿佛老公還在，每天都在為我加力。我還圖甚麼呢？我都六十出頭了。

心姐笑得很詭魅。一笑，好看、年輕得像四十幾都不到哩。

階級不同，我會願意為你擦身體和縫補衣服嗎？呵呵呵。

漢哥聽得臉上一陣白，一陣紅。

燕窩驚魂

喚住那灰色大皮箱的主人夫婦時，烏斯曼很猶豫。

二十幾年的海關生涯濃縮成電影的幾個畫面，迅速掠過……

當年初轉行的烏斯曼就很猶豫，周圍同僚撈油水五花八門的方式令他幾乎窒息。想把這一生過得清廉都不容易。近紅者赤，近墨者黑，二十幾年來，他覺得手伸出得夠長了，也夠髒的了，做了大佬們的幫兇，然後由他們分杯羹給他。他明白日積月累，從那些旅客身上刮來的油水對他家庭的生活開支不無幫助，但有時想想，膽不粗氣不壯，像小乞丐，也像另類劫匪，手段不夠光明，明偷暗搶，未免氣餒歎息。

守在這黑箱檢查帶的一側，望着那些戰戰兢兢的無辜的黃色面孔，烏斯曼一陣陣羞愧感湧上心頭。二十幾年前，他看到那張入境行李表格的說明，就覺得不合理、還帶侮辱性，甚至有點可笑，將用他們文字印刷的書籍與毒品相提並論，假如易位思考，難道自己所屬的民族不會感到憤怒嗎？他猶記得，有一次，一件大皮箱經過檢查的黑箱後，檢查官勒令他跟箱主說，把行李從轉帶上提到一側的檢查枱上，他就看到那箱主是個約六十上下的婦女，臉色嚇白得像一張紙，他負責抄啊抄啊，抄得皮箱像一團大雞窩，抄到箱底，終於抄出一本書。書主千求萬求，不要重罰她，大佬不留情，不但請她進房間，左恐右嚇，狠狠敲了她一筆，還把書沒收了。大佬虐待她們來探親或遊覽的婦女的表情，猶如勝算在握的老鷹在戲耍無路可遁、滿地倉惶奔跑的小雞……那樣鮮明的一幕，迄今記憶猶新。

至於輪到大佬坐鎮櫃檯，檢查他們證件時，輕輕說聲「請喝杯咖啡吧」，可憐的遊客們也聰明絕頂，乖乖地將紙鈔悄悄夾在護照內遞上去，這樣的事屢見不鮮，他們斬獲多的時候，也會攤分。不過，烏斯曼在內心同情這些外地來的和本地出遊回國的族群。他們為甚麼要承受這些刁難的詢問，他們究竟犯了哪一些原罪？有時，他的良心難安，也曾婉拒那些蠅頭微利，落得一些貪婪眼光的不屑。

藉口五花八門，說起來也很可以敗壞他們海關的名譽。那種文字印刷的書報解禁後，茶葉、蘑菇、洋參等等這些他們喜歡攜帶的東西、禮物也都先後成為海關大佬們刁難、扣留、撈錢的物品。過檢查的黑箱後，烏斯曼也曾經按照大佬們的旨意，命令箱主將皮箱打開，從箱面翻查到箱底，見到箱主的臉色大變，大佬們都有一種快意，然後索價，然後袋袋平安……那些當禮物用的茶葉、蘑菇真是無辜呀。

幸好改朝換代後，也竟然有那麼晴朗的天。甚麼時候起，飛機場上領托運行李不再像以前那樣你爭我奪地搶運行李搶推車生意了？過檢查黑箱時不再逐件過了，只查重點；被刁難的遊客比以前少了；行李被白粉筆做記號的情況也少了，那些自己敢怒不敢言的大佬也多數收手了……是的，唯有海關清廉，國家的的聲譽才會得到維護，國家的旅遊業才有希望啊。我們那幅員廣闊的自然和人文景觀，值得遊覽的景點的確太多啊，早該這樣清廉了。烏斯曼禁不住感到一陣陣高興。

可恨個別貪得無厭的大佬死不悔改，還在搜刮！

喂，烏斯曼，你在發甚麼呆？還不叫他們把大皮箱搬來，提上來！

坐在檢查位置的一位大佬，對他耳語：「這灰色大皮箱內發現了燕窩，抄出來，我們狠狠敲他們夫婦一筆！」

烏斯曼命那臉露不快之色的一對夫婦將大皮箱打開，很快在衣物間發現一個約Ａ４大小的精緻木盒子，一打開，酷似燕窩的東西暴露了出來。這是甚麼？他問。那位太太笑道，在超級市場買的豆腐皮製造的豆腐片，酷似燕窩，但絕對不是燕窩。烏斯曼笑笑，將眼睛趨近那打開的木盒子，對着那些東西嗅了嗅，無法辨別真偽，只好抓起整盒，捧到大佬那裏觀察和檢查，那個大佬左看右看，疑心大起，最後只好找來一個倍數很大的放大鏡仔細看，發現那裏是甚麼燕窩？不折不扣，就是物主太太說的豆腐皮。他有種被戲弄的感覺，罵了句粗口！

迷糊朦朧中，烏斯曼看到盒子裏的燕窩突然都變成了無數隻燕子，飛了起來，在啄着大佬的眼睛，他迅速把那盒豆腐皮蓋子關上，還給那一對夫婦，歉意地笑笑，示意他們可以收拾走了！

珍珠戒指

老蕭絕沒想到自己也會有那樣潦倒落魄的一日。以為大病一場，身體康復後，日子照樣可以過。沒想到大機構大規模裁員，自己也領到了大信封。他原來在公司裏負責清潔、茶水供應，從來老老實實勤勤懇懇，沒想到就是那場病，公司藉口照顧他的身體健康、以應該早點退休為理由，把他炒掉了。

多發了兩個月的工資，有甚麼用？他領的是最低工資，扣除租金，每日三餐，不到三四個月，也就米缸見底了。一個落魄單身漢，自己煮食省不了多少，外邊快餐廳買一盒飯或吃一餐，都要四十幾元（港幣）。他恨以前買太多股票，多數是敗績，一夜之間，股票變成了廢紙，沒剩多少。那晚打開抽屜，掏出一個小小精緻盒子，打開，哇，母親離世前傳給他的遺物，那些金銀珠寶，還不少，他計上心來，想到，留下這些也沒有，不如賣了兌現吧！眼眶不覺中濕潤了。

他拿出一枚珍珠戒指，到當鋪試試問價。附近當鋪的老頭子用儀器觀察，搖搖頭，說只值四百元。又跑了一家問，更低，老先生估價三百八十。他把珍珠戒指取回，找到以前做過珠寶生意、後來改行做小生意的好朋友小陳。希望他幫忙推銷，價高者得。過了十幾天，小陳對他說：「珍珠戒指替你賣了，兩千九百五。」

老蕭大喜，接下來，沒用過的嶄新的大衣、金項鏈、古董懷錶、白金戒指、翡翠手鐲……老蕭坐吃山空，不斷取出，讓好友小陳轉賣和推銷，價格都不錯。老蕭心中的疑惑慢慢大起來，心想，人心難測，世界上不會有那麼好的事吧。就不信小陳不從中賺一手？他想揭開其中的真相，又苦於沒有門路。

一日，他偶然帶海外朋友在香港最老的古街遊覽，進到一家古董店隨便參觀，赫然發現自己托小陳賣的大衣、金項鏈、古董懷錶、白金戒指、翡翠手鐲……都在這家古董店出現了，標價遠遠比小陳與他結算的低得多。他嚇了一跳，我真不該懷疑好朋友小陳，是他多給了我錢，我還懷疑他從中賺！古董店標價那麼低，可以推論，來價一定更低，不然古董店怎麼賺呀。一時間，羞愧不已。

但怎麼不見那枚珍珠戒指？

再過了一段時日，小陳請他老蕭到家裏吃飯。小陳和自己一起同一個時候到小城打天下，可是如今住在近兩百平米面積的豪宅，已經和自己的窘境不能同日而語，內心正是百感交織。他在小陳客廳到處看看，就在那擺着小擺設的玻璃櫥櫃，他看到了那枚母親的遺物、傳家寶——珍珠戒指，被置放在小小錦盒內。他驚喜萬分。小陳還沒回來，陳太太走過來，笑笑道，你這枚珍珠戒指，小陳到處詢問到處估價，最高的只肯出價四百五十元。小陳想到這是你母親傳給你的無價這寶，變賣很是可惜，就暫時買下來，在適當時候準備還給你。多出的兩千多元，是資助你，解你生活之困，只怕沒來由，你自尊心強，不肯接受呀。

老蕭聽了一臉的熱。

歹念

車子上了高速公路，兩邊的密密林木向後倒去。駕着車的小戴暗暗慶幸今天運氣真好，上蒼給他帶來第一單「生意」，讓他載上這一對看來來自東南亞的華人遊客夫婦。

「生意」不純是載客收費，還有特殊含義。

他把駕駛座前的印有司機姓名照片的小牌子用一塊小布蓋上，又走出來把一個早就準備好的假車牌將原來的真車牌蓋住。之後，他就看到他們從機場大堂出來了。上車後，他從望後鏡觀察後座的乘客夫婦，從談吐、口音、衣着、動作判定他們必是第一次遊覽這城市，而且經濟身份不俗，絕非小蝦米。為他們搬動兩個價格過兩萬的皮箱時就驚歎不已！那富太太舉止優雅，氣質非凡，肩上背着的名牌手袋當下的價錢少說都要八九萬。剛才她的先生從上衣口袋掏眼鏡時就有一大迭美鈔掉到地上，令他眼睛一亮。

尖沙咀喜來登酒店。那婦人說。

知道了。

機場到那裏有多少公里？婦人又問。

接近七十公里吧。

你用跳錶吧？

用，怎麼不用。

到那裏大概多少錢呢？

大約三百元吧。

那也不算貴。我怕給騙了，剛才在機場問交通警察到喜來登酒店大概多少錢，他也說三百元。婦人繼續說。你也說三百元。我們在外總是遇到好人和老實人。

等一會才下結論吧！老戴心想，我要把你們手上戴的，頸上掛的，錢包裏藏的，口袋裝的，都扒得乾乾淨淨……那時才來說我好人吧。

我們出外嘛總是擔心啊沒人幫忙，我先生總是說我太多不必要的擔心。真的，你看，剛才上車，兩個好沉的皮箱還不是全靠你搬上車？婦人確實囉嗦。我們一路上遇到的都是好人啊。你是這個城市我們遇到的第一個大好人。

婦人滔滔不絕，熱情洋溢。把當今社會當着太平盛世，小戴經不住冷笑一聲，帶刺地回敬道，舉手之勞嘛，舉手之勞嘛。當然，大部分都是好人，不過也有例外……

小戴沒有說出來的是那一句是「我就是那一個例外」。

車子已經幾乎走完高速公路的大部分路程。開始轉入左邊一條岔路，那是到新界一個新城鎮的起點，他熟悉那裏。不久，車子就進入沒有人跡的密林，外面有一座小石山擋住。他沉思道：此時不動手更待何時？

貴姓呀？婦人問。小戴嚇了一跳。他一時沒準備，驚慌中靈機一動道，我姓車。叫我小車就可以了。婦人此刻如被觸動了甚麼，道，對了，上次也是一部小車，可是那司機不是好人，欺負我們老實，逗大圈子多收了我們一倍的錢。哪裏像你這般老實。

小戴被他這般干擾，很不耐煩地回答，心想時不予我了，得趕快下手。多大了？婦人突然又冒出一句。二十八！小戴已有點心慌。啊那麼巧，跟我兒子一樣。哪一個月生的？八月。我兒子七月。你還比他小一個月哩。你們長相有點像，也是陸軍裝。小戴聽到這，忽然想到了自己的母親。她不知道自己偶然也幹這行當，如果她知道他雙手骯髒過，不知要如何傷心欲絕？他開始有些猶豫了。婦人說他像她兒子！他覺得自己簡直沒人性……

但下意識裏小戴還是把車剎住了。你幹甚麼？婦人問。小解。你們也方便方便吧，附近都沒廁所。小戴摸摸插在褲腰後的小刀。我們不用。不過，夫婦最後還是下車松松骨頭。

婦人突然想起了自己的許諾，今天是自己的生日，她開心，要把準備好的五百元港幣送給出門遇見的第一個陌生人。她道出許願，對小戴說，你就是我們遇到的第一個陌生人。你太像我兒子，我再加五百，湊足一千元。她把紅包遞過去。小戴抓住小刀的手抖着鬆開，接過紅包。他的手顫抖着把紅包塞進上衣口袋。一絲愧意襲擊着他，令他滿臉通紅。一股強烈的譴責猶如雷電擊打着他的心，四周響着這樣的聲音：你這禽獸不如的東西，你差點就打劫和傷害了那麼好的人。你該死、你該死呀。

小戴雙腿一軟，跪在那對夫婦面前。你怎麼啦？沒事沒事。我開車久了腿軟。他滿臉通紅地站起來。

車子繼續開。抵達酒店，他不想再收那老夫婦的錢，婦人還是硬硬塞給他四百元車資。

小戴多少年後後還一直保留那紅包封。那紅色的外皮猶如一攤血，仿佛他曾經殺死過一對好人。

新衣

她賣着舊衣。

他賣着新衣。

認識他們時，他和她都在同一個街市（香港半官方部門辦的「集市」）的二樓各開着一個攤檔，小小的，地點彼此對望。我們由於經常在那個新區的一些中小學校舉辦圖書展銷，中午買飯啊、收攤後來買水果啊，就看到了他們倆。聽他們講廣東話，夾雜了閩南口音，不是那麼流暢，就估計他們是「外省人」了。真的沒錯。

這家街市規模不小，但已經很陳舊，和一般的街市沒分別。一樓賣魚肉，菜蔬，都是濕貨；二樓賣水果和一些乾貨；三樓是賣熟食的，幾乎就被一家很大的茶餐廳大牌檔佔據和經營。第一次走進這街市，是因為書展只有半天，我們幾個到三樓吃星洲炒米粉喝奶茶。看看還有時間，就到二樓隨便逛逛，我們就看到他們了。先看到他賣成衣，衣服褲子睡衣孖煙囪褲等甚麼都有，因為以下層小市民為對象，貨色都很大眾化，價格也不太貴。而她呢，雖然同樣是賣衣服，但大都是二手的、一些家庭處理的舊衣。雖然是舊衣，但大部分只是穿過一兩次，而且都洗過，折迭又整齊，狹窄的鋪面常常擠滿了印尼女傭和菲律賓女傭，賣得不錯，也有一些孤獨的老婦來選衣幫襯。

呵呵，大嫂，生意不錯啊。我神秘地對她笑笑，問她，斜對面那個男人妳認識？她搖搖頭，說，阿姐，我不認識他，他賣新衣，我賣舊衣，我們剛剛認識不久。攤子隔着一條小小的通道，每天面對面，點頭打招呼而已。

他的攤檔貨色，雖然賣的都是新衣，但價錢比較下貴了不少，門庭客稀。

這個大嫂獨自一個，看來有四十出頭。從未有家人來幫手。

對面那位大哥，接近五十吧？也從未看過有家人來幫忙。

於是我暗念頓生，如果都沒有了原先的另一半，或根本就是單身的，不是正好可以配對兒嗎？我對老公說，老公哈哈大笑說，你以為？你以為人是動物嗎？我也哈哈大笑起來，說，世界上的寡男孤女那麼多，需要時互相照顧也是不錯的、應該的。少年情侶老來伴嘛！

半年光景，我們經過他們二樓的攤檔，發現他們的攤檔已經有變化了。那位大哥的攤檔轉讓給別人，賣衣鋪變成了賣拖鞋、運動鞋、皮鞋的鋪子。正在驚愕萬分的時候，聽到有人喚我。

大嫂，早啊。

定睛一看，大哥笑嘻嘻的，站在大嫂的鋪子裏，儼然成了鋪子的半個主人。他說，她是他的老朋友、好朋友。

阿姐，你想不到吧。

我說，怎麼沒想到？你問問我身邊的老公。老公也很好地配合我說，第一次來這裏，她都在為你們配對了，果然。

那大哥賣的那些新衣服呢？我問。大哥說，可以退貨的就退了，不可退的，就合併後搬到這裏。有一部分就搬到她家中。我點點頭。由於熟絡了，我們從交談中知道，男的老婆剛剛離世半年；而女的是性格不合，與丈夫分手了很多年。沒想到，在街市日夜對望，眉來眼去對望，情愫速生，兩鋪變為一鋪了。我在遐想中，好快，大哥寫了一個地址給我。

有空來我們家吃飯。大哥熱情地。

這是誰的家？我問。

我原來的家。大嫂臉上微微發紅地說。

啊，原來你們住在一起了，恭喜呀！我說。

都老夫老妻了，恭喜甚麼。他們不約而同。

大約又過了半年。我們幾乎一周有四天都在那個新區書展，中午都到三樓吃飯，吃過，都會下來二樓探望賣新舊衣服的攤檔主人。以為可以看到他們一對兒。

幾天裏，始終只有大嫂一人。他呢？我問；不知道，她說。

你們分手了？我又問。一個多月前的某一天，他不告而別。接連幾天打電話，都沒人接。看來是換了電話。

大嫂繼續說，我把他留在我家裏的衣服都掃地出門了，一紮一紮放在樓下，讓管理處去處理。他自己都不要了。我要幹甚麼呢？這鋪子裏的也是，就送給女傭們了！

話裏，有太多無奈，怨恨，更多的是失落。

大約又過了幾天，我和老公在公園散步，居然看到那大哥牽着一個女人的手，在前面親熱地走着。那女的，新鮮面孔，比大嫂年輕一些。穿着一件好光鮮的新衣。我們哪裏敢告訴那位大嫂。想必她也風聞了。

我們還經常走過大嫂那個攤檔。

她的攤檔依然賣着舊衣。

也賣着寂寞。

狼藉

*

好不容易從阿成塞在醫院病牀旁抽屜裏的褲子口袋，抖出那鑰匙。

兒子駕車載我們飛駛到病者阿成在公屋邨的家。據他說，那天半夜他暈眩嘔吐、掙扎着打999呼喚救護車時，來不及拔出電飯煲的插蘇，電飯煲裏有飯，地上滿是嘔吐物，爐子蒸着水蛋，不知熄了火沒有？萬一……好危險呀！

好不容易緊急地上到高層，屏住呼吸，將鑰匙插進門窿，緊張得一顆心快要蹦出胸膛。生怕一開門，裏面跳出一隻叫「紅色火舌」的怪獸，把我們捲進去一口吞噬。因此，鑰匙插進時，我們儘量慢慢慢、慢慢慢，做好思想準備，如果只是烈焰噴射，我們也可以馬上關上門逃遁。

沒有。甚麼都沒發生。室內燈火通明。想像得出阿成在天轉地旋時掙扎着打999電話求救、救護車趕到時，甚麼都來不及收拾。地上一片狼藉。

我們記起插着電的電飯煲，迅速拔起插頭。打開飯蓋，飯早就成了飯巴。兩天了，用力洗刷那煲底，飯粒堅硬如鋼可以刮手，底部用了大力也不容易洗乾淨。再打開煤氣爐上的一個鍋蓋，一股發黴的酸味沖天而來，蒸水蛋早就變質了，我迅速倒進馬桶，迅速沖掉。另一個鍋裏，吃剩的麥片也有臭味了，趕緊也倒掉。老伴緊張地按照他的囑咐，在他房間裏搜索衣櫥和背包裏的門鎖匙、手機、現金等物。協助我將垃圾集中。廚房清理得差不多了，再處理房間。

空間彌漫、飄散着食物發黴、米飯燒焦和酸酸嘔吐物混溶的氣味。再仔細看，小小的公屋房間地面上全是亂成一堆的報紙，那些嘔吐物早就乾了、蒸發了，像漿糊把報紙緊緊黏在地板上，我將拖把浸入盛滿水的水桶，擰了擰，來回托了幾次，好不容易才拖乾淨。

時間已經過了一個多鐘頭，我們拖完房間再回頭拖廚房，再轉戰沖涼房，才發現浴室裏有兩件大廈護衛工作服、一條長褲浸在水盆裏，一雙襪子濕漉漉地躺在浴室地板上，怎麼辦？我們對望着，時間已經過了一個多鐘頭，我們剛才勞作也已經弄得筋疲力盡，體內的酸痛感覺一陣陣襲來，想就這樣走掉，反正非親非故的，但又擔心萬一阿成住院很久，那幾件衣服不是浸壞，就是發臭了！還是給他洗一洗吧！我們很有默契地，老伴倒了些洗衣粉，我開始彎身為他在盆水裏洗搓、過水，擰乾，撐開、用衣架套上，就掛在浴室的吊線上。洗不乾淨下次晾乾了再洗不遲！

天氣很熱，不得不開了冷氣，可是我還是渾身被熱汗透濕了！我們雷厲風行，幾乎花了一個半小時將他的住屋清理乾淨。

阿成是單身漢。大前天，一陣昏迷令他大嘔，掙扎幾小時才將電話打出去，幸虧他在電話裏還能說出自己的住址、還能開門，救護車來了之後，將他抬上擔架送到醫院，他迷迷糊糊地交代救護人員將他的家門關上，但之後他又是一陣陣天昏地轉的旋轉，就甚麼也不知道了。

兒子將車子開到樓下。在車子上，我們談到了剛才的所見和所做。令人歎息同情的單身漢，如果不是周圍的朋友使出援手，情形會更加不堪。

回到家，牆上的時鐘報了午夜的十二響。

我們對他的身體狀況開始牽掛起來了。

＊

昏迷了至少一天一夜，醒過來的時候應該是深夜，周圍靜極，有位胖子鼾聲如雷。一個值班護士見我醒着，走過來，安慰我說，我應該是腦部有事，得了小中風，不怕，只要加強鍛煉，慢慢還是可以走得好的，漸漸可以恢復的。我真擔心屋裏那一片狼藉，門兒沒上鎖……護士又說，昨晚有個女的打電話過來，說是我「表姐」，要我們轉告你，請你好好治療，你屋裏都給你弄乾淨了，所有的碗筷的也都洗了，甚麼都安全了，請你放心，一切沒事了。

我對護士說，她哪裏是我的甚麼表姐？朋友而已，不過他們確實對我蠻好的。夫婦倆還比我大幾乎二十來歲呢！護士說，你幾世修來的福！

下午六點到八點是探病時間，我醒過來時發現我右邊的空病牀上送來一位病人，因我平躺着看不清他的尊容，一直到我半躺吃着晚餐，才發現那沉睡着的不是「表姐夫」是誰？我頓時嚇了一跳。

「我表姐呢？」我問護士。

「夫婦被雙雙入院，他們兒子送來的。」

我對他們的身體狀況開始牽掛起來了，我……

美麗帽

深夜的小巷，一片寂靜。在各種「會」失勢、失意多年的俞先生，喝得醉醺醺、東倒西歪地由夫人扶着，穿過巷子到那一頭廣場停車場取車。

叫你別多喝，就是不聽！就是不聽！等一會你怎麼開車？

一股老鼠屍體腐爛的惡臭，從小巷一側堆滿垃圾的水溝散發出來，直沖鼻端。中人欲嘔。俞先生腦子頓然清醒了七分。

他媽的，小馬給的情報不準確。他最後給的消息是，今晚第一把手的出價起碼價是三十萬，結果不是，起碼價是五十萬！俞先生白白浪費了三十萬，只落個名譽的。名譽的甚麼權都沒有啊！

小馬太糊塗了！夫人幫着腔。

又要等四年！俞很是惱火。

突然，前面一片喧鬧，甚麼黑暗、惡臭都消失了，變得光亮芬芳，凹凸不平的小巷地面突然也平滑起來。無數穿着緊身衣和窄裙的年輕貌美女子，臀部一騰一騰地走來走去，手上揮着各色各樣的美麗的帽子在出售和推銷，疑幻疑真，俞夫婦想深夜裏怎麼會有人在這裏買賣？

我們這裏正是剛才會場後臺的圍牆外。一個嬌滴滴的二十來歲的女子說。

女子胸部漲得幾乎就要裂衣，乳溝深不可測，腰細盈握，站在一部輕巧的轎車前，手上揮着五顏六色精緻美麗的帽子，說：俞先生，不須着急！不須着急！貴紳會、富權會、老虎會、淑女會、……各種各樣的會都有，我們這個大都會大大小小的會就有四五千個，我們為你度身訂造，新創的這個貴紳會最合適你，第一把手三十萬就可以了！現在甚麼手續都不必了，而且你在這裏交易，帽子一戴，就沒有被搶先、趴頭之憂！我們查過你的身家檔案，頭部大小，這一頂剛剛好……說着，女子將一頂標價三十萬、寫着××長的高筒英國紳士式帽給他套上，尺碼剛剛好。夫人當即打開錢包，迅速開了一張支票給那女子，抬頭是「貴紳會」。

夫人摸着老公戴上的水晶製作的帽子，點點頭，道，不錯，不錯。你們每晚都在這裏推銷美麗帽嗎？

每當各種會換屆的春天夜晚，我們才提早來的。。明天貴紳會換屆，俞先生你就可以大搖大擺地走進會場了。別人都要對你脱帽致敬。

俞先生高興極了，再看小巷兩側，不少失意失權的人，都購買了他們的心頭好。買賣美麗帽、光環、名銜高速猛增器、權利杖……的生意特好，未到淩晨，全部都售請了。

女子們哇啦一聲歡呼，很快解散，小巷剛才的奇景猶如一場夢。

俞先生不知道大都會也有這類滿足他們族群需要的小巷，科技文明發展太快。

他們走出小巷，回頭看巷名，原來小巷也真叫「名利巷」，所售東西不但可以「特快專遞」，而且現炒現賣。太好了！

向前繼續走，都市仍在沉睡，建築物如迭在一起的猛獸黑影；東邊，出現了血紅的奇怪雲，仿佛在張着血盆大口，而野獸們似乎就要向他們撲下來，無人能逃脱。

左右攤檔

想不到阿廖從堂堂的加多加多食店的老闆變成了隔壁牛肉丸攤檔的夥計！

小姨子一想起上一回的事就覺得不可思議。

半年前有一日，老王的小姨子帶從加拿大回印尼度假的兒子和從香港來英雄城的王夫婦，一嘗城裏最有名的原住民經營的牛肉丸面。她駕車約十公里遠，抵達時見到人頭湧湧，不禁嚇了一跳。但見一家食店右側搭了一個好大的鋅片屋頂的棚子，食客密密麻麻在吃着，棚子外、烈陽下，還排着長龍，華人一家大小、包頭巾的印尼原住民，甚至洋人遊客……他們很猶豫，排隊還是不排？這時王家夫婦不約而同想到了一處心思：誰說原住民做生意不行？這一攤就那麼火爆！而且只是賣一種美食！

小姨子看到鋅棚左側的食店空蕩蕩的好大，比這個棚子大了幾乎一倍。但店內蒼蠅飛舞，冷冷清清，只有一兩個食客。她靈機一動，向這食店借地方吃，省得站着輪候之苦，不是挺好嗎？最多跟她們買幾杯飲料。她看准坐在收銀處的一位四十開外的面部嚴肅的男子走去，驚喜道，阿廖，都不知道你開店呀！

我剛剛開一年啊。阿廖也一愣。

正好我一年多了沒來，原來換了老闆。你的食店買甚麼呀？

加多加多（注：印尼的雜菜沙律，以花生醬攪拌）。

雖然不太熟悉，只是以前華校裏的點頭之交，但小姨子還是大膽提出：我們買你隔壁的牛肉丸，帶到這兒吃，行不行啊？

這、這、這怎麼行啊！他們搶了我不少生意，還這麼寬讓他們啊？

那麼，我們也買你店的加多加多，這樣可以吧？阿廖依然搖搖頭婉拒了。

小姨子壓抑着自己的不悅，笑道：其實你們可以考慮合作，他們出產品牛肉丸，你們出地方，雙方都得益。阿廖又是搖搖頭，我就不信我就翻不了身。現在店租金那麼貴，搞合作，哼！我豈不是吃大虧！

可是，他們的牛肉丸那麼好吃，製作的秘笈也好值錢呀，不亞於你説的租金。

小姨子碰了一鼻子灰，狠狠地丟下了話。

最後他們還是排隊吃到了棚子裏遠近大街小巷著名的牛肉丸。牛肉丸只有三個，好大個，有如嬰兒的小拳頭，中間切了十字口，像一朵豐碩的花卉，有少許湯和粉絲，一碗頂得一頓飯。他們學當地人的習慣，摻了很多辣醬，吃的絲絲有聲，熱汗大冒，痛快淋漓……

沒想到，半年後，小姨子再帶王家夫婦來時，左右攤檔（食店和食棚）已經全部賣牛肉丸。食客坐滿左右兩部分的所有座位，小姨子和王家夫婦竟然見到阿廖在鋅棚下的攤檔忙碌，招呼客人，寫單、抹枱、收拾碗碟、端牛肉丸……忙得一大糊塗。

小姨子與阿廖打招呼，喂，你們終於合作了！

沒有，我怕合作吃虧，就提出給他們打工，純粹領薪。

當初怎麼想到將店面放棄的？

沒人來吃，一空一滿，好難看，再説我倒貼了大半年的租金了。正好他們來提合作……哦，怕虧，不願互利的合作，你只好打工。聽説這牛肉丸老闆是原住民。三年功夫已經買了兩層小樓了。

阿廖滿臉通紅，似乎在細細品味老同學的話語，心想：假如我合作的話……

後事

從醫院那裏走出來，真是五雷轟頂，醫生看了所有的檢查報告，綜合好幾個主治醫生的意見，對作家鄭老正式宣佈他確實患了血癌的診斷。

醫生說，我們不像其他醫院，對病人保密，只是對病人的親屬說，而讓你的親屬對你保密。不，這對你是不公平的。每個人都有對自己病情的知情權。何況你沒有家人，只是孤單一個人。

那麼，我會很快死嗎？

很難說的，尤其是血癌的病例，夠複雜的。有的人，幾個月、半年就沒了；有的人，活了好幾年。除了服藥，遵醫囑治療，就看每一個病人的意志和心情了。

雖然強作鎮定，老鄭還是面部發白，渾身冷汗，從醫院走出來去搭車時，還走錯了路，好的。

明晃晃的強烈陽光下，他感覺上似乎是大陰天，身上感到徹骨的寒冷。

他感覺很不好。那往後的幾日，渾身乏力，他想到了自己的死期應該是在三個月內就要到來。他忽然想到有本書剛剛發出電子稿，很快就將付梓出版，他趕緊加了一篇情真意切的告別讀者的信，以免他們又等他的下一部。是的，儘管他寫的是純文學，他的粉絲不會太多，但總該有個交代啊。新添的《後記》就用了《絕響》這標題。

這三個月真難度過，漫長如三年。三個月過去了！自己好好的，一點也沒有死亡的徵象。我這是白白浪費時間啊，與其等死，不如快點多寫一些，爭分奪秒，與病魔賽跑。

每天，他坐在簡陋的，小到無法轉身的書房敲鍵，決心把他原來想在三年內完成的九十萬字長篇在一年完成。也許，命只有一年啊？

寫作的日子何等暢快開心。幾十年前的爬格子進步到能用電腦打字了！老鄭只是一年時間，完成了他的九十萬字長篇的心願。他照舊寫了一篇《跋》，擬題是《再會》交心給讀者，說他患病，隨時都會死去。不要對他再有新作的期待，也不需要太傷悲。

第二年，老鄭心想，我一直等死，真是沒用！倒不如用等死的時間再努力寫！不過，他又想到，他隨時隨地都可能死，沒有人知道他為甚麼沒有新作了！他毫無例外地又寫了後記，交代了後事，題目是《來世相聚》。

由於死亡的緊迫感，老鄭幾年了，都一直在努力地寫，寫中，發現了他對小說人物和小說世界的投入，可以令他忘記死亡，他的靈感如大水衝破堤壩，洶湧不可遏止，那是他一生最高峰最旺盛的創作時期。

第三年復診時，連醫生都驚歎他精神那麼煥發，他再度問醫生，他還有多少日子的壽命？醫生還是那句老話：很難說的，很難說的。

老鄭接受了生命無常的說法。他以每年寫作和出版一到兩本書的速度作為目標，每一本書的末尾都附上了他對讀者交代後事的後記。

自他患血癌後，共出了十五本書，前後化了十年。迄今還活得好好的。

十年過去了，我讀到老鄭寫的十五篇對後事交代的後記，中心是死亡的話題，內容從恐懼到坦然，從懦弱到蔑視。每一本都預告他下一部將寫甚麼。

我好想再讀到他交代後事的後記，第十六篇、第十七篇……

（根據真人真事改編）

借

【睡房裏】

嵐玉要借我！我放下手機對芳馨說。

又過來了？牆上的時鐘八點整，芳馨揉揉惺忪的眼睛。

她剛剛從澳門過來，第一個就來約我到中港城一家茶餐廳跟她一起吃早餐。

我厭煩不屑的表情，讓馨明白我又想婉拒。

你要去，去吧。大家都認識，只是約你沒約我，擺明着對你有好感，有些話只適合你們倆人。剛才你說甚麼，借你？借你一晚去睡？哈哈哈，睡啊！睡房裏傳出馨咯咯咯的笑聲。

睡？不要折磨我了，害我做惡夢。和她睡我怎麼睡得着。

你還是去吧。她這幾十年離婚的日子都不好過。喜歡的都是人家的丈夫，喜歡男人的成熟味道和體貼。那怕短短時間的接觸也好，想像着夫婦在一起的感覺。

看她吃生蠔一吃就二十來隻，真夠嚇人的。那是增加荷爾蒙的東西啊。我說。

沒問題，那你就讓她借吧。去吧，你要和她怎樣都可以。馨依然有點玩世不恭。明明知道我對嵐玉感覺不好，至多同情而已，完全沒有絲毫愛意。

借，不是指陪她吃早餐而已。我說。

那是借你做甚麼？

她故弄玄虛，我也不知道，我聽你的，去一趟，聽她說甚麼。

【餐廳裏】

你頭髮這樣最好看，不長不短的，國字臉，許多女孩喜歡。嵐玉見到一年沒見的我，把我從頭到腳仔細看了一遍，像是在欣賞一件心愛的藝術品，我真不習慣她那種好似要把我吞噬進肚子的眼睛，我感覺到那眼睛裏有火在燃燒。我不習慣，想早一點結束。心想，她那裏是在吃雙蛋香腸咖啡配套早餐，我更是她的一道早餐哩。只是，我也很理解，畢竟她離了二十幾年的婚啊。

連空氣裏飄散的一點點男人味道她都很珍惜。

對了，你說借？借甚麼？

國龍，你不要想歪了啊。你們男人啊，都喜歡拈花惹草的，身邊女人最好多幾個。是不是這樣？

除了芳馨外，我就沒有另外的女人。妳也不要一概而論嘛！

哼，你不是不要，不是不想，你只是不敢而已！

隨你怎麼說了，對了，你說借我，怎麼借？

我這幾天在寫一篇散文，當然是想像的啦，裏面有個男的，我以你為藍本做模特兒，我把你作為我的假想情人，想像着和你在散文裏談一場浪漫的戀愛。你會不會介意？

我怎麼會介意？你只是借嘛。寫好了嗎？我問。

這時，她將初稿攤開在我跟前，那時電腦打字還不流行，她是手寫的稿。不長，我匆匆讀了一遍，耳熱心跳，文章用詞火辣辣的，寫我如何主動，如何借書給她，如何在花前月下和她熱烈擁抱纏綿親吻，如何情切切意綿綿地追求她，對她好感。最後寫我很無奈，緊急剎車，因為我認識她時已經是有婦之夫了。散文的結尾是，如果早認識她幾年，歷史必然改寫！這那裏只是「借」一個字那麼簡單？簡直是言為心聲啊。

芳馨會不會介意?嵐玉又問。

她也不會介意,她人很大方啊。

妳想像力很豐富嘛。我說。

嵐玉一頭好長的散髮,飄散香草的味道,此時以手攏了攏頭髮,滿是雀斑的臉頰呈現出和她四十來歲不相稱的紅暈。癡癡望着我。

【家裏】

怎樣?以為被她借去,你樂得不回來了。芳馨笑說。

我怎麼會?你知道我沒好感,只是同情她而已。我答。

那她借你去做甚麼?我說,在她一篇散文裏做她的假想情人,和她戀愛。還說如果我認識她在認識妳之前,結局一定會改寫。

哈哈哈,這那裏是散文或小說?這是寫自己的心態,也向我挑戰呢,哈哈。暗戀你好幾年的總爆發。有本事就從我手裏把你搶去嘛。

客廳裏傳來芳馨咯咯咯的笑聲。

好可憐,我們明天一起請她吃餐飯吧。芳馨說。

從鐵門縫隙看孫子

為了愛的緣故，八十歲的爺爺已經足足一個星期沒來看一周歲的小孫子了。為了愛的緣故，爺爺忍着牽掛，渾身不習慣，好像若有所失。他的心情壓抑，平時寫點日記，小文章消閒娛己，現在，思維的管也如被甚麼堵塞，無法暢順起來，一個字都寫不出來了。

過去幾乎三百六十五天的日子，他風雨無阻地跟在老伴、孫子的阿嫲的屁股後面，抓着一把拐杖，將拐杖一點一點觸及水泥路面上慢慢前行。拐杖末端點在水泥板上發出篤、篤、篤、篤清脆的聲響。

大約走個二十分鐘就到兒子媳婦的家。老伴比自己小十幾歲，手腳還麻利靈活，協助工人哄睡、餵粥、餵奶、洗澡、逗玩……非常稱職，爺爺則陪玩、抱一會，呆個半小時就回家了，在家洗澡、小睡、看他心愛的電視節目、上一會網、幫忙老伴煮飯……接近七時，老伴就回來了。

那些日子多麼令人懷念啊。

那些日子小孫子長得多麼可愛呀。

這個下午老伴出門去照顧孫子後，老頭從牀上爬起來，逕自走到房間的落地長鏡前，將上衣脫去，看看赤膊的肉體，那個環繞腰部的「蛇」已經開始結痂，據說結了痂就不會傳染了。我好不好去看孫子呢？他撥了電話給當醫生的同學曾薇，如此這般說了自己的病情進展，對方說，理論上說，結痂後傳染期就過了，再說，也不是每個人容易被傳染，還要看每個人的免疫力怎麼樣。不過，還是你自己決定吧！有的家人很介意，那還是省了；如果他們不介意，才去吧。他放下電話，想想自己也不禁好笑，這已經是第三次打電話了。

他穿好衣服，鞋子，準備好拐杖，把門拉開，關門，站在門口思想鬥爭了好久，心想，我其實還未痊癒，孫子還那麼小，萬一傳給他，我後悔都來不及了，兒子媳婦會心疼着急死了！我還是不去了吧。他又開門折回屋裏，坐在沙發上，以手機發了一個短訊給老伴，就說自己還是不去了，為了愛孫子的緣故。請老伴發幾張照片或拍一段孫子學走的視頻過來，他想孫子想得快發瘋了。

手機響了幾下，是老伴發照片和視頻過來了。

爺爺將只有一分鐘的視頻反復看了好幾次，那是孫子學走的過程，他怕跌到，雙手抓着桌腳很小心地一步步學呢！客廳地面都鋪上海綿板，即使摔倒也不疼。

一個鐘頭就這樣好充實地過了。

第二天老伴又將出門。

老頭說，看影片還是不過癮，這樣吧，你過去後，孫子如果醒來，你通知我，，我過去。但我就不進去了，我站在鐵門外，從鐵門的鐵支縫隙看看他就行了，你抱着他，站在客廳最遠的那個窗口讓我看。從客廳的窗口到鐵門，足足有十五米左右，即使我的病還會有傳性染也不可能傳到他。

老伴說，好的。

第二天下午，老伴先過去照顧孫兒，沒事了，就發一個訊息給老頭：

你現在可以來了，孫子醒了。

屋內的木門敞開着，只有鐵門卡着。但從鐵支的縫隙可以看到室內的一切動靜和擺設。

屋內，阿嫲抱着孫子，等着爺爺的到來。

篤、篤、篤、篤……

拐杖觸地的聲音越來越近。終於在門口停住。

大熱天，為怕傳染的爺爺全身穿得密不透風，長袖長褲、帽子，為了不袒露肉體，脖子上還圍起了長圍巾。他戴着墨鏡，口罩。一會取下眼鏡，從包包拿出望遠鏡，從縫隙裏朝內往老伴抱着的孫子看望，那距離約是十五米左右，約莫十五分鐘之久。

你至於嗎！老伴見外面的他的打扮，哭笑不得。

當他取下望遠鏡，屋內的孫子忽然發現了是爺爺，掙扎下地，大叫爺爺爺爺，向鐵門爬過來——

爺爺慌了，迅速轉身，離去，朝電梯小跑。

篤、篤、篤、篤……

拐杖觸地的聲音越來越遠。終於消失在走廊。

爺爺兩個眼眶已滿是熱淚。

為了愛他的緣故。

美食嗅手

連續幾年，小穎都在電視臺美食節目舉辦「最強嗅覺」的比賽節目勝出，她接連贏了三次，再挑戰七八個外國選手，都無人能敵，小穎終於摘下「天下第一鼻」的金牌。

比賽是這樣的，十樣煮好的菜肴冷卻後，讓比賽的人眼睛蒙上黑布，每樣就憑着鼻子嗅聞約二十秒，道出幾樣菜肴的名稱。小穎打敗所有對手，獲得滿分。在場，她是唯一不需要蒙上黑布的人，她是十足十的瞎子，醫生證明書隨身帶着。

多年前，一個在觀眾席上叫阿變的盲眼小夥子，欣喜地聽左右朋友説小穎雖然盲，但長得好看。在第三者做媒的情況下，他們從拍拖到牽手到走進教堂舉行婚禮，前後兩年。婚後，他們用一支拐杖就行，另一個就牽對方的手慢慢地走。

他們倆的眼睛，瞎的原因不同，小穎是天生的，已經無法複明；阿變是後天的，一場大病影響。早在治療中，慢慢在復明中。

性格剛烈、感情專一的小穎雖然是瞎子，眼睛卻容不得一粒沙。

他們分別在不同的特殊工廠做事，小穎糊紙袋，阿變則在玩具廠做，每天上下班，他倆都要熱烈地摟抱親嘴一次。

情人節那晚，兩人從外面賞花回來，在牀上一番纏綿後，小穎整理散亂的長髮，阿變還在微微喘氣。雙雙半裸半躺在牀上……

小穎說，你快看到東西了，真為你高興，你也可以做我的眼睛了啊！一雙眼睛變成了四隻眼睛！你也可以看到不少比我好看的女孩了。

沉思良久，小穎又說，不過，你背叛我，我不會原諒你的。

我怎麼敢？阿變說。

嘿嘿，那你是不敢而已，不是不想，好想來一點婚外情吧？

我發誓，變心的話，你可不要我。阿變又說。

離婚。

復明的阿變，懊惱地說小穎長得好看純粹帶着誇大的成份，那不過為了促成他倆的好事而已。他發覺這個世界與小穎年紀相仿的女子可以說都比小穎漂亮。

他開始越來越晚回家。縱然與小穎同一個時間回家，擁抱也慢慢減少，即使有，也沒有以前熱烈了。

他在外隱瞞了結婚的事實。他不想放棄小穎，雖然小穎不好看，洗滌烹調縫補等家務樣樣出色，裏外一把手，許多事不需要他費心。

這一晚下班後小穎將丈夫抱得很久很緊，頭還伏在他一邊的肩膀上，好久好久。正當阿變感到奇怪時，小瑩突然把他猛力推開，一臉怒容。第二天小穎依然如故。阿變有點駭然，猶如被一位漂亮的女鬼擁抱。這第二晚的小穎長髮披肩，打扮豔麗，雖然眼睛沒看見，初看與正常人無疑，她在他肩上伏着很久，似乎不願放開，最後使勁地在他頸脖狠狠地咬了一口。阿變痛得大叫一聲；一股血液從那齒印上流下來。當他鬆開，但見小穎一隻手上抓着他們的結婚證。

我們離婚吧。你眼睛復明後，嫌我醜，感情上和婚姻上都背叛了我。你變了心，另有所愛。你已經走得很遠。你已經找了一個比我好看、年輕的，與她搞婚外情。你腳踏兩隻船，想享受齊人之福。你欺負我看不見，阿變，你變心變得好快呀。我們離婚，我們這就去律師樓做檔辦理手續吧。

小穎平靜地說，不容阿變插話，他越聽越震驚。

最後阿變說，小穎，妳血口噴人，冤枉我，妳憑甚麼，妳在編造甚麼，妳每天從家到工廠，再從工廠回家，沒有交任何朋友，妳的世界是一個黑暗的世界。

她叫愛金，沒錯吧。你們已經不止是摟摟抱抱的關係了，你們關係不一般。早已上過兩次牀了。她就在我們紙袋廠做事。每天都灑着一種廟街買的劣質香水。

啊？妳認識她。她告訴你啊？！阿變大驚。

哈哈，有嗎？世界上的女人再傻，有不打自招的嗎？何況，她是有夫之婦呢。

阿變至此，整個人呆住，想起了以前對小穎的誓言，猶如一隻鬥敗的公雞垂下了頭。

一直到幾個月後他們正式分手分家，阿變都無法相信自己那麼隱秘的、滴水不漏的婚外越軌醜事被老婆如此洞悉，像是雇請了一位隱形偵探在他身後跟蹤他。正疑惑當兒，他收拾東西時，撞倒了櫃檯上一個小穎的美食嗅手的獎座，刹時似乎甚麼都明白了，他還聯想起小穎那句話——

她，每天都灑着一種廟街買的劣質香水。

書葬

老羽出殯時舉城轟動，用的是書葬。

說來話長。

那時候，租金猛漲，書業行家再也無法承受，出版社紛紛倒閉，出版從業員不斷轉行，人數鋭減。大城裏原來三百多家出版公司剩下十幾家。文學書從每種印幾千本下降到一兩百本，還要賣個三五年。其中有十家出版社鑒於書情太差，決定聯合租用一間約三千英尺（約三百平方米）的貨倉，請一位專人做貨倉管理員。

「這個林羽不錯，早期是個落魄文人、寫稿佬，出了幾本無啥價值的小書。後來甚麼勞力活都做，單身，不計較薪酬，最重要的是愛書。」認識老羽的一位老行家推薦他來管理貨倉。大家贊成。

老羽被請來做管理員，還在貨倉住下來。退還原先的公屋，他還可省一千多元的月租。老羽確實很稱職，不作第二人選想。他把送來的新書堆疊得整整齊齊，堆高到天花板。別人勸他，別堆得太高，危險哪。他說，節省地方啊。有不少舊書太殘了，老闆說該丟棄了，書店那麼多新書，不會有訂單了。他說那是作家幾十年的心血，實在可惜。他把那些舊書墊高，做成了一張牀。他又省了放一張牀的位置。單人牀三面都是堆着十來箱書的「書牆」，一面就是供進出的無門之門。他還在擺放書的最後一角，設置了一張舊枱給自己，看書、喝茶、包書甚麼的，都可以。二手大班椅背後和右邊堆着十幾箱好大好沉的書。老羽有次喝茶，抬頭望上去，自言自語道：「終有一日我被書壓死，那也不錯，哈哈哈！」

書癡老羽太合適做這一分工了。他愛惜書，書皮髒了，他會用布拭抹；書漏頁或出現空白，他會複印某頁貼上，打折出售。他將散開的書包好，改價錢的用改價機一一打好……每天有做不完的事，沒事時就一書在手，沖一壺清茶，輕啜慢飲。從二戰的回憶錄到西安事變，從封神演義到八仙過海，從婆羅洲山打根的日本娼妓館到俄國普京的傳記……他都看，瞭若指掌。他是雜家，知識淵博，幾乎找不到對談的好手。他還喜歡杯中物，幾杯啤酒下肚，談興更濃，滔滔不絕。

寒假暑假書業生意比較靜。暑假只有在書展期間及之前忙碌一陣，幾乎沒甚麼事了。學校放假，老師不訂書，老羽也樂得清靜，好好看書休息。

二十幾天來，七八家出版社都沒人來。農曆新年不會有新書出版，也沒人訂書。兩三家出版社寫字樓的編輯打電話到貨倉找老羽，電話沒人接。最初都不以為意，以為他吃飯去了或買文具去了。等到學校開學後，訂書單來了，銷售部的人找老羽，要他撿書配書包書，都找不到他，幾家兄弟出版社的辦事人員才着急起來。

開學後又四天過去了。

他們決定到貨倉探個究竟。這阿羽是怎麼啦？來的人員有五六位，他們也擔心，萬一阿羽出了甚麼事，也好商量呀。門鈴按了好幾次，就是沒人來開門。

從鐵閘透出某些光亮來看，裏面有部分燈火亮着。有人有鑰匙，拉開了鐵閘，又開了大鐵門，一股強烈的臭味從貨倉內傳出來。

進來的行家無法不用手或手帕掩實嘴鼻。一位年輕的女編輯忍不住跑到外面走廊大嘔起來。

行家們知道情況不妙，但他們不熟悉貨倉內的結構和陳設，一邊大叫老羽的名字，一邊慢慢尋覓搜索。那舊書做成的書牀和書牆圍成的房間都觀察了，哪有老羽的影子？打書架一架一架地看了，各角落也查了，就是沒有阿羽的蹤跡。難不成他在這近一個月裏到鄉下去，不告而別？抑或被謀財害命？人間蒸發了？

只是那股腐臭越來越濃烈了。

正當大家想打退堂鼓時，走到了貨倉的角落，看到了一個驚人的景象，幾十箱書從高處轟塌下來，將一張破舊的枱壓斷了。箱子外都是血跡，都乾黑了。有一支手臂從箱間露出，形狀可怖。

老羽死了二十幾天才被發現，屍體早就腐爛了。

火化他遺體時陪燒的是幾十箱書，成為史無前例的書葬，送別的書業同行多達千餘人。他的骨灰撒在大海。他被稱為「守候最後一本書的書業烈士」。

龍的第九子

就將被帶往「協助調查」了，唐舞燕和兒子傅小豪，收拾了些衣服日用品，分別放入兩個輕便的小旅行袋，跟隨員警走出家門，最後一瞥是望着牆上那幅題為《龍的第九子》的古畫，狠狠地搖搖頭，上了囚車。為了預防攻守同盟，審不出一粒屁來，員警讓他們上了不同的囚車。

小豪想起十幾天前的慘劇就依然心驚不已。那時，半夜一陣地動山搖，一聲巨響，天花板連同藏在上面的四五噸紙鈔全部塌落下來，將在大牀上熟睡的老爹壓得密密實實。老爹當場斃命。事情當然就敗露了。那之前他們不是沒有商量和爭論過。

豪，你也差不多了，收手吧。

爸，我的至多一噸而已，你的都有四噸多，藏都沒地方藏呢？

我都藏了，萬無一失。

呵呵，我知道，天花板上，萬一砸下來，你命都不要吧？

裝修佬阿趙特別的設計，而且特別加牢固，十級地震都不怕。你都藏在牀底下，擺明準備被抓。

……想不到啊，那時是晚上十點鐘光景，老爹已經鼾聲如雷，而母親唐舞燕正好獨自赴一個高官女兒的婚宴未回，逃過了家中的大劫。

囚車駛向警部，前路是無盡的黑暗。

另一輛囚車裏，被好幾噸鈔票砸死的傅大豪的漂亮老婆唐舞燕似乎沒有憂傷，也沒有悔意。下屬為好辦事，不斷送財給老公，多多益善，沒甚麼；問題是，他們不止送財又送漂亮女人，老公都照單全收，老少靚醜一律歡迎；而酒店開房也就罷了，有好幾次竟然帶到家裏來，在她眼皮下做，當她為透明物。她為了報復，將不斷輸送進來的鈔票，拿一點來貼給與她共赴巫山的小白臉，小小意思啦。久了，她也就如吸毒上了癮。慢慢地也因有幾分姿色，周旋於官場舞場中，人如其名，人如燕，最後舞到牀上，成為不少大小官員的私密高級交際花，也獲得不少報酬，辦公室的級別火箭般上升。自己和老公，於是各有各的孽和帳。

囚車駛向警部，前路是無盡的黑暗。

在不同的囚車裏，唐舞燕和兒子此時都想到了一處。

一年以前，家裏購入了《龍的第九子》大型古畫，據說是已經有兩千多年歷史的真跡。但心存不少疑惑。

古畫古玩店老闆約了他的一位好朋友、鑒別專家來到他們家，鑒別專家說：這是真的從聖人府讓出來拍賣的，無價之寶，再過一段時間，不知要升值多少，你用五千萬拿下來太值得啦。這隻麒麟，雄心十足，你看，牠歡舞得多麼興奮，面向太陽，周圍擁有不少的寶物，這是一生富貴、前途光明的好意頭。你買下來是古跡文物投資，不會錯的。

大約一個多月前，他們家慶祝兒子小豪生日，開派對，有另一位頗有些年紀的鑒別專家，久久望着牆上那幅《龍的第九子》，搖搖頭道，這哪裏是甚麼麒麟，牠是龍的第九子，長得和麒麟有點像而已！麒麟是仁獸，專門行善，是好意頭，而這動物，就叫「貪」（左為犬偏旁），是最貪心的動物！你看，牠甚麼都想擁有，八仙過海的神仙的寶物，牠都奪取了，連天上的太陽，這貪獸都張開了血盆大口，都想吞下去成為自己的腹中物。呵呵，這畫原叫《戒貪圖》，不叫《龍的第九子》，你們被人騙了！

唐家大驚，可報警也沒用，古玩店及其老闆、鑒別專家都在城市裏消失了。抓是抓不到了，如今被抓的反而是他們唐家的三隻大貪（犬旁）獸，其中一隻還被成噸的贓款砸死。

深夜裏，裝修佬阿趙和他的徒弟躲在傅家別墅對面的一顆大樹的背後黑影處，看兩輛囚車遠去，阿趙憤恨地發洩，活該，這小豪的老爹當時裝修貪便宜，挑那種好看不好用的天花板，結果砸死自己。我漂亮的老婆這傅家父子都玩過，害我離婚！今天總算解了我的恨！

徒弟點點頭，他們也有了今天！

淺藍色的夢

白天、夜晚，無論走着、躺着、做夢，視覺網膜上總有一個淺藍色的光影在晃動。它在模糊和清晰之間，疑幻疑真，伸手欲握時，又突然消失了；當她轉身要離開時，那寶貝又出現了。甚麼都像，又甚麼都不像，總之感覺很美，又說不出那是甚麼東西？她很擔心，生怕自己是患了幻想症或臆想症，決定讓醫生診斷。

說出了近期困擾自己的種種症狀之後，醫生為他掃描，做了種種實驗後，笑說，妳精神一切正常、沒有異常。看來是日有所思，夜有所夢了。

究竟有多久了？

她說，很久了，最近幾年變本加厲，這夢，一直在眼前晃動。好像水中的幻影，又如有個實體，但我說不出形狀大小，自己也覺得奇怪。

哦，那是太奇怪了，我還沒遇過這樣的病例呢？看來你這不是病，你一直在追求甚麼吧，自己無法確定是甚麼，變得很苦惱。

啊，說得太對了。那麼我該怎麼做？

醫生早年熟讀佛洛伊德，又是心理學系畢業，以夢的色彩解析的博士論文獲滿分畢業。他又問了很多她的淺藍色夢的種種細節。

她說，夢的映象到來時總是先在我眼前展現一片淺海，那海是淺藍色的，好美，上面飄着一些落葉，在秋季的暖陽下，閃着藍藍白白的銀光，我看到淺海的前方有個東西在細浪的衝擊拍打下浮沉，好美，就是看不清是甚麼，我走入淺海中，一直走啊走，就是追不到。

有具體的地點場景嗎，我們一起尋覓。醫生要求。

有。

原來，那是她童年的海，不遠。周日，乘車約五十公里就到了。

她穿一襲保守密實的深色泳衣，走進及膝的淺藍色海水中。

看到了那前方那說不出美的模糊的寶貝。她走了半公里，寶貝愈遠，她洩氣。

不行的，醫生在淺水一邊的沙灘上，批評鼓勵她道，追逐或握住你的夢想沒那麼簡單，你剛剛走半公里而已，就就想追到嗎？

可是我不相信我有能力追到它。

當然，牠以比你快的速度向前移動，這是它的神奇之處，不然怎麼算是寶貝？妳既然已經鎖定場景就是這一片妳童年生活過的淺藍色的海，那是註定不會錯了。寶貝就在這淺藍色的海裏。只要你堅持不懈，就會追逐到你寶貝，它是一種意象也是一種實物，追到，也就可以明白這淺藍色的夢是甚麼了。

好的，可是這海岸線至少有一百公里，我需要走那麼遠嗎？

世界上沒有輕鬆的事啊，都要堅持不懈的。不勞累，不邁出辛勤的腳步，能實現願望和夢想嗎？還有，假如妳中途洩氣、躺倒了，縱然那淺藍色的夢飄到你頭上，也只好飄然而過了。

明白。

醫生先行回去了，答應第三天下午再來。

一百公里的淺藍色海停停走走的話，至少需要三個大白天。她第一天日夜兼程，才體驗累得不行，第二天夜晚在沙灘上租用帳篷睡覺，白天慢慢在淺海上走。

已經是第三天了。走啊走啊，終於看到前方的寶貝是雪白的，在水裏浮沉。她很興奮，開始帶點小跑，希望趕上那寶貝向前飄移的速度。這時候醫生來陪他了。

最後一程，妳不要放棄啊。醫生鼓勵道。

最後一百米，她幾乎用百米衝刺的速度，向前方淺藍色海裏的那個夢物猛追。

太陽的光芒照射在前方，燦爛的金光和淺藍泛銀的色彩混溶，發出異樣的色彩，一個巨大的、精緻的雪白色貝殼，像一個人似的，站在她前面，在不太真實的感覺中，她被貝殼伸出的手觸及，一片溫暖，她已經無法再忍住，眼淚簌簌而下。

她似乎聽到貝殼在對她說話，但她聽不到說甚麼。

醫生說，牠請你掏掏牠的殼內。

她把手伸進去，摸到了四四方方厚厚暖暖的東西。

恍然大悟。

一年後，她有本朝思暮想、魂縈夢繞的書出版了。

招財猫

雁笑進入半退休行列，沒想到在小城裏被選為「最佳微笑公民」，還在小城建城百年慶典上捧了一個金質招財貓回來。

回憶在小城的幾十年歲月，不禁感慨萬千。她要感謝父母將她生得那麼好，從小她就有那麼好的笑容，到了這五十上下的年紀，許多朋友都說她看上去似乎只有四十幾或三十幾。她兩邊臉頰上的酒窩，少女時期就迷倒了追求她的不少男性。她笑容甜蜜，到商店買東西，老闆歡迎，耐心接待，要求甚麼都答應，有時還將幾十樣東西取出來讓她挑選，外面的路人在門外先是觀看，很快陸續進入商店也紛紛買起來；在路邊，人家見她停下來向小販買東西，也見到她笑嘻嘻的，就估計她對貨色很滿意才有那種表情，也都跟着買起來了。甚麼圍巾啦、杯子啦、小風扇啦、小毛巾啦……在外地旅行，買東西時也是那樣，團友們很擔心在遊客區被店主開出殺頭價，最初都不敢下手買，後來見到她買了，也就放心地跟着買了，屢試不爽。兒女見到，都說：「媽，後面的人都跟着你進來了！」

難道我是一隻招財貓啊？雁笑都好奇怪。

是啊，雁笑，妳是一隻招財貓 。這其實也是一種特異功能啊。雁笑捧杯當晚，有位女記者很好奇，約了她採訪。問她以前是幹甚麼的？

雁笑說起了退休前的職業和故事。那時——

鋪天蓋地的導遊的負面新聞，真把小城的旅遊業打到穀底。籌備多年，累積一大筆資金的雁笑，註冊了屬於自己的旅行社，請了一位剛在旅遊學院畢業的女生做職員，接電話接單。最初只在大商場租了個小小的鋪位掛牌。

雁笑在這一行做了二十幾年，熟悉小城的一切景點、古跡、歷史故事，但萬事開頭難，於是她接單先接「小城二日遊」之類的，絕對沒問題。她兼任老闆和導遊，穿着時尚，時時刻刻展現自然甜美的笑容。

報紙猛烈批評旅行團導遊強迫遊客購物。

許多旅行團不願改變制度，依然靠超值團費吸引遊客，從購物中收取傭金。

雁笑的公司收費中等，決定捨棄傭金制，只希望團友買到物廉價美的東西。她的策略很受一大部分商店的歡迎，那些回扣免了，就減在物價上，團友見東西便宜，買了不少。由於不需要傭金，雁笑帶去的商店，也就不受限制是賣甚麼的。甚麼店都有。

雁笑有很好的笑容，商店老闆見她帶那麼多人來，都非常高興。她不要傭金，只希望「算他們便宜一點」，大受老闆們的歡迎。

有笑容，還有笑聲。老遠，老闆們就聽到外面人行道上傳來咯咯咯的笑聲，那時，就知道雁笑來了！雁笑來了！

一團傳一團，都盛傳雁笑的旅行社真心實意為遊客着想。掛鈎的外地同業和零散遊客越來越多了。生意很快火爆。

雁笑的笑容，老闆們很喜歡，受到感染似的，她辦起事容易，要求甚麼都答應，從沒有茶水供應，後來也有了。

雁笑的笑容，不僅僅職業關係，主要還是善解人意和充滿誠意。……

職業習慣，有好有壞。女記者結束訪問，自言自語，但隨心一想，難道，雁笑的招財和笑容有關，而笑容是天性或職業繼承性，或兩者兼有呢？

她問雁笑，雁笑搖搖頭說，我也不知道。

記者指着那只招財貓，問，喜歡嗎？

雁笑答，我就把它擺在家裏的工藝品橱櫃吧。

但我其實不喜歡做招財的貓，我還是做一隻快樂的飛來飛去的笑雁吧！

大藥方

那時候，文革進入第四年，我對美妹的追求滿兩年，進入第三年。我們的大學畢業分配因局勢拖遲了一年。

整個中文系男生宿舍亂糟糟的，大字報鋪天蓋地，鋪得連牀上都是。每一次，我都很快抄完一份，就打開抽屜，掏出美妹的短信沉醉着，埋頭奮筆回信。睡牀對着我睡牀的盛輝總是同情地望着我。

她還沒答應啊？我給你算了一下，你追她已經兩年又三個月了。盛輝搖搖頭道，我們班同學都是三個禮拜戀愛成功，第三個月就跑到外地偷偷結婚的！

唉，美妹模棱兩可的態度最折磨我，我說。

你一周兩次寫信給她，寫得那麼夜，兩年了，她應該答應你了呀。她那張令你神魂顛倒的照片再給我看看。

我從抽屜取出她兩年前從廣州寄來的照片。黑白照片中的她，依在一個陽臺欄杆邊，拉着手風琴。盛輝端詳良久，說難怪難怪！兩邊臉頰有酒窩，而且旋進去那麼深，你跌下去當然就怕不起來了，昨晚我就夢見我們同學聚餐，你帶着她來介紹給大家，大家都用酒杯喝酒，唯獨你把酒倒在她臉頰上的酒窩，你就抱着她……

啊，盛輝，你越說越不高級了！

甚麼不高級了！你不想？我就不信啊。盛輝說完，尖着嘴，動了動，做出舔酒陶醉的樣子……我還夢見大家都走了，你還在那裏陶醉，美妹掙扎着滿臉通紅……哈哈哈！

我沒有，沒有，她都沒答應跟我，我哪敢？我強辯道。

唉，盛輝搖搖頭歎息，看來班上數你最蠢，人家就地取了，像搭配撲克那麼容易，就是你好像在打仗，一直攻不下她。要不要我寫封信給她。

不、不、不，千萬不要。你插手，我怕她不高興，反而弄巧成拙。

現在別看大家穿同樣的衣服，畢竟人心都是肉做的。很多人都生米煮成了熟飯，你接觸了美妹幾次，就沒想過用強的來？

啊，輝，我拼命搖搖頭，不行不行的，她雖然小我五歲，在我面前是我最愛的、也最尊貴的女神。

……我把信寫好，裝進信封，這時，輝要求看，信很短，沒甚麼，我給他看。他搖搖頭說，一點都不動人，怎能打動她的芳心？我說文革那麼亂，她剛剛回國來，苦惱於前途茫茫，我不關心她讀書、工作和落戶的事，她有心和我談情說愛嗎？

盛輝平素喜歡唐詩宋詞，經常在課餘鑽進故紙堆裏，大家視他為走白專道路的落後分子，唯獨他與我感情甚篤，關心我追求美妹的事。前年我到廣州接從國外回來的美妹，回來訴說她的情況，他就鼓勵我「肥水不留外人田，你要努力爭取啊」，我不敢有那念頭。人家剛剛回來，會把她嚇壞了。一直到她寄那張拉琴照片，我才動了心，一如被搧的火，很快就狂熱起來。

盛輝每個月都會發一封信給農村的老媽，清晨，他順便把我給美妹的信一起投郵，還告訴我這是我編號第299的信了。我不知怎樣感激他？我和表妹那些情事被他當他自己的事情。

我平均三天寫一封信，美妹本來例牌半個月才回一封，最近老勸我說世界上一定有比她更好的，祝福我快快找到女朋友。這些話我不愛聽，最慘的是在這最想念她的時候，快一個月了，她竟音信全無。

我日盼夜盼，終於病倒了。渾身乏力，昏昏沉沉，躺了一個多星期。三餐飯都是盛輝幫我在食堂打回來的。枕頭邊放着美妹拉琴的照片和幾封寫得較有感情的信。睡夢中依稀聽到輝在歎息，你這哪裏是甚麼病，你是害相思！要服藥的。

不知哪一天中午，我看到一位打着兩條小辮子的、雙頰旋着好深酒窩、白衣灰裙的女孩笑盈盈地坐在我牀邊，半嗔半溫柔地說：你這樣折磨自己，叫我怎樣答應你？

沒錯，是美妹，我還以為是在夢中。一時精神大振起來。她身後站着盛輝，原來是盛輝從車站接她從廣州來的。剛剛到。

美妹抓住我左手腕，我看看，傷口呢？

哪來的傷？

盛輝說你為了我割腕自殺！

第299封情書

我一直很疑惑，她最後是怎樣選擇了我的？

那時，我不是不知道我面對那麼多的情敵，他們的位置距離她都比我近，我外表大度開放，內心卻焦急萬分，好想學普希金比劍或比槍，擊敗對方，贏得美人歸，苦於她在這州，我在彼州，兩個城市啊。最後，甚麼都沒有比試，我卻輕易贏了。

海外父母為我們舉行了簡單的儀式，我和美妹終於生活在一起。

出國那年，依然是亂世，社會還未完全恢復正常，從六六年算起，也不過是六七年光景，可是那種破壞力夠大的了。

不全是失望。漸漸年老的、遠在海外的父母，需要我們兼顧，這理由充分，出國，於是很快就批准了。即將南行，整理行李、整理衣物、書籍、信簡……我看那在文革時偷偷藏起來的「封資修」圖書，搖搖頭，說，一本都不帶，萬一在海關被刁難就麻煩了；我問美妹，三年來我寫給她的信還有沒有？有兩百多封吧？美妹說，哪裏止？最後的編號，都三百多了，她說，最早的，因心情不好都撕了，後來的，太佔地方，怕你寫得太愛情至上給人發現批判，都燒了。只保留了幾封。

她從皮箱內掏出五六封，我隨便挑了一封，一看，後面寫着編號299。我取出信看，一幕幕往事如電影畫面掠過。死黨盛輝如何寫信給她，騙她說我為她的不答應而割脈自殘、她如何買了火車票趕來學校探望我……

你差一點落選了，如果真的用了盛輝說的方法，而且繼續那樣做……她說。

我那時暫時居住在堂姐家，我知道有人不斷地給你情報，包括堂姐，是不是？我收到誰的情信、誰來找我、誰約我出去、看電影甚麼的，你不道破，但心中絕對有數。堂姐一定叫你要抓緊，一刻也不放鬆，是不是？要不然，你的情書攻勢不會那樣強，持續不停，火力那麼猛。

我說那也不全是。我不寫最累。每天你看我的信，就不相信你忍心放棄我。

其實，幾個當中，你外表最不出眾，條件也最差。

那為甚麼到最後牽着妳手，讓我倒酒在你酒窩裏的還是我？

美妹笑笑不語。

我們牽着手過羅湖橋，艱難的小倆口日子開始了。

美妹一直沒有把那秘密告訴我。卻是有那麼一次，我們到一家戲院看電影，那是部韓國片《冬季狂戀》。售票處前，買票的人排得那麼長，從街的這邊延續到對面街，搞到要勞動員警來維持秩序，還是預售第二天的票哩。那時韓國片剛剛進軍香港，觀眾好奇，紛紛被吸引，尤其是年輕人。

許多排隊的人見隊伍都沒有信心，先後離開。

他們的想法我清楚，擔心排到中途，票突然售完了。還有，有的認為電影不一定好看，花那麼多時間排隊買票，太不值得，於是走了。

要走嗎？美妹看到我排在隊伍後面，進展速度不快，笑着問我。

我說，既然排了，就排下去吧。

我又說，剛才聽前面的人說，票已經售去五分之三，剩下不多了。

只是，如果不堅持排下去，又怎麼知道能不能排到？

我又說，有些估計未必很准，不大膽嘗試，怎麼能知道結果啊。如果中途放棄，那是註定排不到了。我要堅持到最後。美妹在一側聽得入神，掩着嘴笑。

票是買到了，好險，竟然那麼巧，是最後兩張。

剛才妳笑甚麼？

你不是多次問我為甚麼你最後打敗幾個情敵，輕易取勝嗎？你自己其實有了答案，剛才你自己發表了一份愛情宣言。

啊？

你說——既然排了，就要排下去。如果不堅持，又怎麼知道能不能排到？不大膽嘗試，怎麼知道結果。中途放棄那註定要失敗了。要堅持到最後，成為最後的勝利者。

你當年就是用這種精神追我的，他們幾個都放棄了，而你堅持到最後。

雖然我不是票或其他東西，但你永不放棄的排隊精神打敗了所有強手。

接到你第299封信時，其實我已經默許，但你不知道，情書一直寫到300多封。

咯咯咯，美妹大笑，兩邊酒窩笑得滴出蜜來。

島上的書節

小秦把最後一箱書搬上輪船後，大氣直喘，赤膊上的汗水像一條條小蛇往下竄滑；他抓起搭在脖子上的毛巾抹汗。船在大浪的巨大顛簸中，嘟嘟嘟地開向沒有書商願意去的離島條洲。

正是六月底颱風常常肆虐的季節，三號風球學校照樣要上課。

「我們差不多將書減半了，三十箱減到十六箱。沒想到還是那麼辛苦！」小秦搖搖頭；我說；「最好賣到剩下最後一兩箱。」程沁笑笑道：「想得美。第二級的學校而已，一本都賣不出的話，我們就要倒貼兩千元。船票、運費人工……」我們幾個人一身臭汗，你一言我一語地談着話。

一程大風浪，真令人心驚肉跳！好不容易抵達條州碼頭，小秦先把貨搬上碼頭岸邊，再將它們分兩箱放在小車上。從岸邊推出去是一個斜坡，需要兩人齊心協力才行，文弱書生的我，協助小秦推到上面已是大汗淋漓，再推第二車，累得已經上氣幾乎接不上下氣了。

最慘的是從碼頭推到學校又必須經過幾個斜坡。我們依舊齊心協力完成，到了學校，已經是下午三點，再把學校在禮堂準備好的六張乒乓台打開，擺好書整整花去兩個鐘頭。我們趕在傍晚搭七點多的最後一班船回九龍。

提前運書，還提前擺書，比市裏的學校還多了大半天的準備工作。

如果生意不好，真是白做了，程沁歎了口氣說。

小秦說，看來又是一場拿破崙的滑鐵盧戰役。我大笑。

我說，看看我這塊生招牌有沒有用？

清晨，我們搭七點的船。

程沁拎着一個工具箱權當錢箱，自言自語道，但願所有輔幣都變成大面額的紙鈔！

八點十五分，有三個班的男女生在班主任的帶領下，在禮堂門口排着隊。老師一聲令下，百來名同學便像飛鳥撲進展場。

我西裝筆挺，系上領帶，危襟正坐，準備同學來買我的書時，為他們簽名。

你坐遠一點，程沁說，不要太靠近我。

程沁坐在收銀小課桌後面，與我簽名的小課桌並列，中間隔着約一人過的小通道。她既然那樣說，我就把小課桌拉開了約半米左右，楚漢分界比較分明了。

又幾個班同學進場，程沁站起來大喊——同學們留意，同學們留意，作家黃先生今天到展場，買了他的書的可以請他親筆簽名——。

程沁多次站起來喊，手上還揚着我的幾本書。

同學們的反應都比較冷淡，他們看書的勁頭只限于在展場，買了幾本已。……一直到第二天中午，程沁的收銀箱基本上還是小錢。

我搖搖頭歎息道，我的書賣了一本，我也只是簽了一本。

看來不幸言中，遠征條洲，以滑鐵盧收場，程沁說。

我說，既然沒有生意，可否要求老師讓我們提早收書，提早結束？我們正猶豫着，下午兩點鐘，突然，從禮堂四面八方的門湧進來數不清的學生，他們擁擠中又顯得頗有秩序，迅速排成了兩條長龍。每人手上都抓住剛剛選定的一本書。小秦和程沁收銀幾乎都來不及了，但為了滿足同學的要求，連那些不是我著的書也允許他們請我簽名，搞到我手忙腳亂起來。

此時，一位校長出現了，他手抓大喇叭喊：「同學們，同學們，排隊要守秩序！你們注意聽了，有重要事宣佈，可能班主任也跟你們説了，從今天開始，為了感謝書展商打破其他書商不願到條洲書展的慣例，為了表彰他們親力親為推廣讀書風氣的精神，我們除了用每人購買一本書的實際行動支持他們外，還決定每年的今天，就是我們學校的書節！我也會向條州的島長倡議，今天，就定為島上的書節！」

這一天只帶了一箱剩書回來。

晚上我們三人晚餐小慶，感歎于人生和世事的逆轉都一樣，未到最後，不要輕易下結論或一早放棄。

午夜，躺在牀上，我和程沁望着牆上四十幾年的結婚照不約而同地笑起來。

微笑

鍾淑把手中的《微笑》一書合上，放在書架上，輕輕歎息，在不知覺中已經滿眼眶的淚。向書店店員打聽，《微笑》前後補進了兩次貨，那至少也有十幾本了。直至此刻，她才感覺到自己自從《微笑》一書書稿脫手並出版後，對於女兒萍兒的病逝，她才是真正的放下了！她走出書店，眼前如過電影那樣，掠過出版這本書的種種畫面。那是大約半年前，她忘不了出版社陳老總的極力反對。

小淑，我看妳就別寫了，這是妳心中永遠的痛，妳再寫一次，不就是再痛一次嗎？她可沒有聽。因為她偏偏是那種沒有將悲情傾訴出來就無法放下的人。不到三個月，她為書稿加上了最後的句號。那一天，她激動地把寫滿一百張稿子、約五萬字的稿件交到出版社。陳老總大大地吃了一驚。他望望眼前的小淑，從前寬寬的臉兒幾乎瘦了兩圈，但比萍兒走時的落寞萎靡，精神得多了。她說，服侍女兒生病的一年裏，她體重減輕十五公斤，花去了一百萬，但是女兒還是去了。如果不把女兒如何爭取生存的歷程寫出來，她于心難安，她無法放下，如今，剩下的事是出版社怎樣把書稿變成一本書了。

當于萌將手中的《微笑》翻到最後一頁，眼睛就在癌症病患者萍兒一張最後的微笑照片凝住，在一剎那熱淚已經盈滿眼眶。幾乎兩日，每日三個鐘頭，于萌站在與書的作者鍾小淑那個位置，把《微笑》仔細讀完了。

她與萍兒的先生文惠在醫院的行政大樓不同部門做同事，早就認識好多年了，只是較少接觸而已。有一次聯歡結束，她看到他一人還在喝悶酒，關心地問幾句，才知道文惠的妻子萍兒癌症已經擴散，而家中孩子還那麼小：一個是三歲的小丁、一個是才不足一歲丁小櫻。……于萌讀到了死亡的結局，不到四十歲的萍兒就那樣告別母親、丈夫和一對小兒女！她全心諒解鍾淑白頭人送黑頭人的悲劇、文惠中年失偶的慘情、一對兒女年幼喪母的孤單。她為萍兒的離世惋惜不已！于萌想到此，不禁有種代入感，她想如果能成為這個家庭的一員多好啊。當然，彌補這家庭的缺失，最好的就是做回萍兒這個角色。這就需要做那小兄妹的後媽，想到此，她感覺到兩頰微微發熱，想到了文惠那個人，平時自己對他早也就有了點好感。

對的。媽媽，你們的媽媽就這樣飛到天上，變成了一顆星星。于萌說。

我們也可以變成星星嗎？五歲的小丁問，三歲的小櫻都睜大了眼也問她。

可以的，媽媽變成了大星星，最明亮那顆；你們將來也要變，變成了兩個小星星！于萌講到這裏，每次都會淚眼模糊，將兄妹倆緊緊抱在懷裏。

小丁將《微笑》繪本合上，遞給小妹小櫻，小櫻如獲至寶地跑到睡房收好。

那時，鍾淑記敍女兒抗癌事蹟的著作《微笑》被一位著名漫畫家改編、繪畫成繪本。日子，已經過了兩年。

無數次的來到文惠家，于萌已經和一對小兄妹搞得很熟了。

無數次，鍾淑看在眼裏，為一雙小孫子對陌生人于萌的喜愛驚異不已，也對于萌對他們的憐愛非常感激，對於她和女婿之間關係變化的微妙，隱隱有所感覺，不過，細想一下，也不禁驚異，女婿是與自己完全沒有血緣，這位于萌，更是十足的陌生人了，唯有一對小孫子與她、女兒一脈相承，女兒不在了，隔代親，中間是一對陌生人，他們是否可以善待自己的外孫，她有點疑慮了。

我們要于阿姨做媽媽，我們要于阿姨做我們的媽媽。有一天，一對小孫子對鍾淑婆婆吵嚷着。終於，由《微笑》一書做媒，女婿文惠和于萌終於請了親友兩席，權當簡單婚宴。

那晚，鍾淑抓住于萌的手，語重心長地說，你要做我乾女兒也好，媳婦也好，你這後媽如果做得出色，貢獻肯定不會比我離世的女兒少，她無法養育到他們長大，而您，如果健康長命的話，做母親的時間會長達半個世紀甚至更長久啊。

于萌微笑，點點頭，緊緊抓住鍾淑的手說，媽，您放心吧，我會的！

兩箱書

大會開到第二日，就是互相贈送作品的時刻。老麥快邁向九十了，不敢再像二十幾年前那樣帶近一百本著作派發給文友，他只是帶了十幾本「應酬」。所謂「應酬」就是當別人送書給他時，他才回贈一本。公婆倆這一次帶了一個星期的衣服來，連禮物以及不多的書，大皮箱居然也近三十公斤重。

還沒到第二天，文友們送給他的書已經遠遠超過他帶來的十幾本，堆滿了酒店房間的桌面。他的書，早就送光了，但送書給他的，依然源源不絕，非常洶湧。人家都當他是「大師」，希望他「指正」。只是他自己明白自己的份量，距離大師十萬八千里遠，真正的大師虛懷若谷，最反對被稱大師，他算甚麼呢？他自己清楚，不過寫了幾本書而已。如果有鑽土機，他好想馬上開工，鑽個地洞。

已經到了這般年紀，他甚麼都想開了，書，他已是沒時間和精力閱讀。只是他搞了半個多世紀的出版社剛剛結束，書，儘管老眼昏花了，不太讀了，但總不能如棄兒那樣丟棄。留給酒店服務員？她們現在多數看的是微信；藏在房間抽屜的最隱蔽處？服務員最後查房，還是會查出來，以為他是忘記裝箱，會打電話給他，哪怕萬里追蹤；那麼放在垃圾桶內？萬一傳出去，會令作者傷心，各種各樣的不利於他的負面議論都會有……唉，怎麼辦？家中的書，已經飽和，狹窄的走廊兩邊都堆滿了書，已經堵塞得快無法走了，牀下都是書，牀上靠牆也一排都是書，再帶回家的話，不知怎樣處理了？……

多少本？老麥問老伴；太太正好數完，答他說，九十一本。

哇，比帶來的多了幾乎七八倍。

怎麼辦？麥太太問。

妳把對面秦友先生叫來商量，他是我們的參謀呢。老麥說。

麥太太一想，沒錯，同城來的秦先生一向足智多謀，考慮全面，一定有辦法，老麥也說，他想把幾個方案攤開，和他商量，看看他怎麼說。

一會，秦先生來了，見了堆滿枱面的幾堆書，嚇了一跳，他順手抓了幾本來看，搖搖頭。

市場那麼差了，有些人的書倒越出越厚。泰先生說。

就是。

天，大部分都那麼厚。四百頁、五百頁……這一本六百頁的，還出成大度十六開，還硬皮精裝。我看起碼有一公斤。到底收些甚麼？

秦先生說到這裏，露出疑惑的表情，幾乎花了十五分鐘時間，將那本精裝的書從頭到尾快速地翻了一遍。不住地搖搖頭。

秦先生說：我有本川端康成的《掌中小說》，一九九四年臺北星光出版社出版，528頁，收川端康成一百十一篇掌上篇（小小說），書內一張相片都沒有。人家還是諾貝爾文學獎獲得者呢。

老麥點點頭，說的也是。這六百頁的大書，作者參加活動的照片佔了五分之四，文字部分又大部分是活動的報導，散文、小說沒有幾篇，我又不好將有關作品撕下來。唉！

老麥，你準備怎麼處理這些書？

我正好在發愁，想不出好辦法呀，所以把你叫來商量。

你先說說你的想法。

我想轉送給其他人，就說，書我重複擁有了，都是好書，就轉讓給對方。

好是好，可是工程太大，不是一兩本，是接近一百本，我們只剩下明天一天，後天就離會了。秦先生說，時間上來不及。

說的也是啊。書那麼多。老麥說。

秦先生說，我看錯在你啊！當初人家送你，你就不該照單全收。可以不收啊！

老麥說，不收？那不是沒禮貌嗎？人家是好意。

秦先生說，我的老兄，你都快一百歲了。書字體那麼小，不能再多讀，你說出來人家也會理解的。

老麥搖搖頭，我就是心腸軟啊，怕打擊人家的一片熱情。

要不，以後接受經驗教訓，一隻眼睛蓋上紗布，說眼睛患上甚麼疾病，醫生囑咐眼睛不能多使用，要長期休息。他們就不敢再送書了。

老麥大笑，說：老秦！來一點正經的！

輪到秦先生大笑，道：這是最正經的了，既然你面皮這麼薄！你也想開一點，都到這樣的年齡了，家裏小，沒地方放；字體小，讀了吃力！你又有五十萬字長篇開始動筆，沒甚麼時間看。你如實說，有甚麼關係呢？

老麥搖搖頭，送書給你，你婉拒，不是我們中國人的習慣，會把一大批人得罪光的！送書，意義多重啊。

秦先生說，我們再想想吧！說完告辭，回房間休息了。

老麥整個晚上輾轉反側，無法入眠，他做了好幾個奇怪的夢，看到了好幾個不同的自己；在一個很大的大廳裏，他看見讀者排着隊買他的書，還請他簽名；也看到不少比他年輕幾十歲的作者排着隊送書給他，希望他抽空看看，「指正」他們一下；他還看到了蝸居裏的書佔據了整個屋子，長出了手腳，穿上了人的衣服，擠滿了在他牀單周圍，對他進行抗議：你敢遺棄我們，我們先把你處理掉！不由他聲辯，其中有五六個「書人」把他從牀上拉起來，從窗口扔出去，他大叫一聲，就醒了。他覺得身體濕濕的，摸摸身體下面的褥子，頓時嚇了一跳，都濕了一大片，看來都是夢裏嚇出的冷汗吧。他首次感覺到書也是有生命的。當然，書歸根結底也都是身外物，需要找到他們最合適的最終歸宿。

清晨醒來，麥太太見丈夫神色有異，問他，他如實告知，太太一直掩着嘴巴眯眯笑。

最後一天是代表們離會的時間。大堂裏一片熱鬧，都在辦理退房手續。

在房間的老麥夫婦，又把對面的秦先生叫來。

秦先生進房間，就看到那淩亂的幾疊書不見了，地板上多了兩個大紙箱，還用尼龍繩綁了十字結。

老麥說，我跟酒店服務員要了兩個紙箱，我把書都裝進去了。我想來想去，還是認真處理比較好，給它找一個歸宿。酒店服務員上午給我聯絡了一家市裏的圖書館，他們願意接受所有圖書。

啊！那好啊！有多遠？

我們酒店在郊區，市圖書館在市區，問過，大約三十公里。我們坐的士去，你陪我。

泰先生有點驚愕，啊？……那好吧。

一會，一個服務員拉來推車，將兩箱書搬上車，乘升降機推到樓下。訂好的計程車早就在酒店門口等候，服務員協助將兩箱書搬上車。

老麥上了車，泰先生也上了車。

麥太太站在酒店門口，目送他們的車子遠去。

小巷餐廳

篤篤篤、篤篤篤；篤篤篤、篤篤篤……位於天橋下、公園後小巷的一家小餐廳，洪老闆坐在收銀的小櫃檯後，等待着那拐杖觸地的清脆聲音，儘管成為絕響已經一個月了，可是他還是不太相信。

以往，每星期二和星期五下午五點，阿星會在小香、老陳老倆口的陪同下準時來到他們的餐廳吃晚餐。

在忙碌着的洪太太此時也從廚房走出來，在圍裙抹抹手，回頭看看牆上的時鐘，已經快六點了，不見小香夫婦和阿星她們來。洪太太禁不住走出門口，望着不遠處的馬路十字路口，那裏靜靜的，久久沒有人影。洪老闆走到門口，對她說，我總是聽到篤篤篤、篤篤篤，應該是幻聽吧。

三個多月前的某天，小香說，老公，我們今天再去看阿星吧。

正在緊張敲鍵的老陳抬頭望望小香，萬分驚異，不是上個禮拜剛剛到醫院探望過她嗎？疑惑中，小香又說了，你到尖沙咀那家印尼餐廳，買最好最貴的「龍登十五夜」，阿星好想吃這一家的。我們十二點出發，到療養大樓那裏，也要過一點了。好的，老陳想到阿星病了兩年，身體越來越瘦，霍地站起來，迅速走出家門。在爭分奪秒地書寫長篇小說的日子裏，雖然思維經常被妻子這突如其來的探望計畫打斷，他也毫無怨言，小香說，阿星情況越來越不好，她要甚麼我們都要儘量滿足她……是的，如果不是對生的熱烈渴望，她哪裏會像常人一樣？他們從泰國、印尼回來，帶個特色手袋甚麼的，小香送她一個，她照收不拒，臉上常常露出非常歡喜的純真笑容。

此刻，小香、老陳夫婦樂滋滋坐在療養大樓接待室的大枱邊，坐在一側，靜靜看着阿星津津有味的吃相。阿星吃到一半，讓小香用手機給她拍兩張相，一張，她單獨在吃，另一張，三人合照。她請小香傳給她上班的女兒看，並囑咐：告訴她，我把龍登十五夜吃完了！

那以後，每週星期二和星期五，小香夫婦都會約阿星來醫院附近、公園後、天橋下的洪老闆開的小小餐廳吃晚餐，準時五點左右到。

每次，寂靜的小巷，都會傳來阿星手拄拐杖觸及路面的篤篤篤、篤篤篤的清脆而富有節奏的聲音……

風雨無阻。

這一家小巷餐廳也有龍登十五夜，價格便宜了一半。阿星喜歡吃龍登十五夜這印尼著名的特色雜錦菜餚飯，總是喜歡叫這一款。它以鮮美的摻入辣椒等調料的椰汁為汁、含有雞蛋、雞腿、飯團、佛手瓜、豆餅、豆腐等……阿星來時，邊吃邊工作，她手機和IPAD齊備，又點擊字母寫文章，又上網，洪先生以前在很多公益場合看過她滿場採訪的影踪，看到她熱心地寫報導、朗誦表演和做司儀，知道她有病，但不知道病得如何，總之萬分佩服她，生病了還堅持工作。

真羡慕妳，妳比我們大好幾歲，甚麼都會！洪老闆和老闆娘不約而同道。

阿星聽了，一時哈哈大笑，道，這有甚麼難？！我來教你們。

從此，每次吃完飯，阿星就用半小時的時間熱心地教他倆上網和打字。有次，還把餐廳牆壁上貼滿的那些寫得歪歪斜斜的菜單用電腦列印出來張貼。

乘阿星上洗手間，洪老闆問小香，阿星的病怎麼樣？

小香反問，你看怎樣？她甚麼都還感興趣，求生意志那麼強，她哪裏像病人？那樣啊？她那麼喜歡龍登十五夜，病了還繼續為大眾做事，我就免了她那一份飯錢。小香點點頭，表示欣賞。

洪老闆問，我好不好對她說？

小香說，我看不好說，一是擔心一說了，她不好意思再來吃。我們來這裏，都是我買單，她如果與我搶，我自有辦法搞掂她。

一直到吃到第十六餐，兩個月過去了。小香和老陳在到神仙島旅遊前夕，又約阿星到小餐廳吃晚餐，在途中，小香覺得再瞞下去不好了。

小香對阿星說，我們兩個月來到小餐廳吃，洪老闆都不算你那一份。

啊！洪老闆、老闆娘，我都不知道，謝謝你們啊！到了小巷餐廳，阿星對老闆娘說，從今天起也要算我這一份了。

洪老闆只是笑笑，阿星始終拗不過他的好意，即使阿星硬要付，也還要過小香老陳夫婦這一關。

兩個月過去了，再也不見小香夫婦陪同阿星來。洪老闆和老闆娘在第三個月，每逢星期二和星期五下午五點都在等着拐杖接觸地面的篤篤篤、篤篤篤的聲音。他們多麼希望還有機會為阿星繼續提供免費晚餐，鼓勵她和疾病頑強鬥下去。

第四個月的最末一個星期五下午五點鐘光景，有兩個人走進小巷餐廳，打個面照，竟然是小香和她的丈夫。

洪老闆問，這麼久沒來？

我們出遊，剛回來沒多久。

阿星呢？

去世一個多月了，我們也沒來得及參加她的告別儀式。小香說着從手提袋取出一本紀念小冊子遞給洪老闆。洪老闆「啊」一聲，老闆娘聽到也從廚房衝出來。

小香說，阿星兩年前得癌症，發現時已經太晚，但她求生意志很強，實際上已經多活了兩年多，她的目標是至少多活十年，可是情況惡化……

我這兒可以永遠為她提供免費晚餐啊。洪老闆念念有詞。

我還不是？只要她喜歡，只要她能多活着，我們可以無數次探望她、請她龍登十五夜。妳知道嗎？來你們餐廳吃飯，她的病已經進入晚期，可那是她生命中最快樂的日子。

洪老闆打開小冊子，看到了首頁滿臉微笑的阿星半身照，彷彿又聽到小巷盡頭響起了如今已經成為絕響的篤篤篤、篤篤篤……

清湯白飯

已經快一年了，他總是來買一碗湯和一碟白飯，一個人坐在快餐廳的角落裏低着頭、彎着背、一聲不響地吃。

每次輪到他排隊買餐票時，他還未出聲，我比他還快，替他說了：一個白飯，一個蘿蔔排骨湯，系呢度食（粵語：在餐廳進食）！

他，不好意思笑笑，點點頭。

我們餐廳的湯，幾天變換一次，不一定是蘿蔔排骨湯，有時是葛瓜豬肉湯、西洋菜排骨湯、蓮藕花生湯、番茄雞蛋湯、羅宋湯……約有七八樣，不變的是價錢，一碗湯港幣九元，白飯則永遠賣七元。

老頭每天至少有一餐是到我們餐廳吃，多數是午餐時分大約是一點半到兩點之間吧，中午的白領大多數午餐過走了，下午茶還沒開始，座位空出不少。他永遠是一碗湯和一碟白飯。湯就隨着我們餐廳的改變照買，飯三百六十五天不變。然後一個人坐在角落裏悶聲不響地吃。

輪到我不收銀、值班巡視時，遠遠看到他一口湯，一口白飯，吃得津津有味，將沒有一塊肉、一根菜的白飯吃完。他的湯就是他的菜。他是我在這家餐廳打工做收銀員快十年的日子裏，首次見到的一位吃得那麼寒酸的食客。不禁有點為他難過起來。一客帶菜的飯，不管哪種菜式，如今都一律要四十元港幣，而他一湯一白飯加起來只需要十六元，每一餐他都省了二十四元。我偷偷觀察着他的穿着打扮，陸軍裝短髮灰黑摻雜，眉毛全白了，臉上皺紋縱橫，但面目慈祥，吃飯時低着頭，專心致志。只是身材高大魁梧，和一般長者不同。估計以前幹的是體力活，要不然白飯不會吃那麼多。因為長期不買帶菜的飯，他買餐票時偶爾要求我「加大飯底」，那就是讓廚房多加一小半碗飯，不需要加錢。

幾次我都好想在收銀、他「嘟」八達通時，買一次四十元的帶菜的飯給他，讓他嘗嘗肉味，但幾次都忍住，怕傷了他自尊；也曾有幾次很想問他，是否患了甚麼病一律不能進肉菜，也都沒敢出口，允許人家有隱私又幹卿底事？

一年三百六十五天，老頭子風雨無阻地進來我們的餐廳；三百六十五天，老頭子買一份清湯和一盤白飯，沒有變化。

我的好奇心越來越重：從來不見他的親人——老婆子女出現在身邊，難道是一位獨居老人？有次我坐在收銀處，目送他的背影消失在餐廳正門口，才發現他一瘸一瘸的非常厲害。坐在旁邊另一個收銀櫃的穎姐忽然說，阿玲，你知道他是誰？我搖搖頭。

穎姐說，阿叔以前做過搬運，年紀大了就退休，推車賣過廢報紙廢紙皮，後來腳傷，無法再做，就靠綜援（粵語：輔助金）過日子。

我問，家人呢？看他吃得那樣省，心很不忍。

穎姐說，這我就不知道了。多年前有人在菜市場附近的馬路見過他推車撿破爛賣廢報紙，這幾年不見他做了，也許就因為腳傷吧。是的，有兩年了啊！

我說：沒那麼久吧？

穎姐說：一年前我原先在德高街的餐廳分店收銀，他也在那裏吃飯；那裏結束營業後，我調來我們這裏，他也跟着來了，換了一個吃飯的場地。

我說，如果是一個人，不需要那麼省啊。

大約到了六月末學生暑假，有天晚上我才看到他和一位約莫十八九歲的少年來餐廳。夜晚九點鐘光景，餐廳已經沒甚麼人了。他倆對坐在老頭子經常坐着吃飯的角落位置。枱面上有個圓形生日蛋糕，插着「60」蠟燭數字。其他幾根象徵性蠟燭點燃着火。

老頭對着我和穎姐說，兒子高中畢業了，高興，今晚為我慶祝生日。家中只是我倆，請妳們也過來一起吃蛋糕。

我們三個人一起唱起生日歌，一邊為老頭子拍手歡慶。老頭子吹熄燭火，我們協助切蛋糕，分在紙碟上。

兒子輕輕擁抱了父親，說，多謝阿爸辛苦栽培我！

四人靜靜吃着美味的蛋糕。

兒子突然對老頭子說，阿爸，中大雖然錄取了我，不過我考慮了很久，決定還是不讀了，向政府貸款算甚麼？那還是要還的，等於用一個枷鎖套住自己！現在學費起到一年十二萬，沒錢還是放棄好了！

老頭子霍地站起來，道，你這樣沒志氣！真叫我失望！我有個好消息，你不改變主意都不行了！

他從口袋裏掏出一封大紅包遞給兒子，興奮地狂叫：第一年的學費解決了！

兒子打開紅包，看到一張銀行本票，數額寫着十二萬港幣。他嚇了一跳，疑惑地看着父親。父親說，你阿爸前幾天買馬，中大冷門，派彩十三萬！夠你第一年的學費！以後你爭取助學金，做暑期工，爸也會替你解決一些！錢不是問題，只要你好好讀，就對得起你天堂上的阿媽！

兒子這時收好大紅包，抓住父親的手，兩雙手顫抖起來。

在老頭子上洗手間的當兒，穎姐把兩年多在餐廳看到他父親餐餐吃「清湯白飯」的情景告訴他，聽得他兩眼都是淚。

老頭子走回來，兒子沖上去，擁抱住他，爸，大學我讀，你不要騙我了，不要這樣折磨自己的身體了！

兩個大男人哭成一團。

（本篇獲首屆說「王」小小說原創大賽優秀獎）

在天堂，我們依然要相會

老三阿果與癌症拼搏了一年多，終於還是走了。距離最後的告別儀式和出殯，還有一個月的日子。

老媽已經接近九十，中風以後，身體日衰，長期臥牀，兄弟姐妹個個皺上眉頭，不知老三阿果先走的事，該告訴老媽還是暫時先隱瞞？最怕的是白頭人送黑頭人，加重老媽的病，甚至出意外。

週末，大哥、大姐、小妹和小弟照例來探望住在大姐家的老媽。只見她情況似乎比上週末又差一些了，沒有醒來，面向天花板，雖然雙眼緊閉，但口中念念有詞，人好像在夢遊太虛中。

沒有人知曉老媽想的甚麼？似乎只有老媽自己知道。她在迷迷糊糊中只覺得一直墮下去、墮下去，她不知道那是甚麼地方？風不大，但很冷；霧太濃，看不清前後左右，總是看到約五米遠處有個人在前面走着，似乎很熟悉，但又看不清身形顏面。她沒想到病中的自己竟然有那樣的腳力和體力，可以對他緊追不捨。可是，她追得快，那人走得也更快，快要追上了，那人一閃，像箭般射出，又奔跑了十幾步，將她拋後一大截，她正懊惱時，突然，那人回首，對她一笑，笑容好慘，她嚇出一身冷汗，仔細回憶，那不是自己的老三阿果是誰？今年也有六十七八了，身體不好，不知為甚麼會在這裏出現以及與她相遇。她立定，辨別此刻自己所在，她看到了遠處的那座橋，橋一端有塊石頭豎着，印刻着「奈何橋」三個大字，自己的腳下，踏着的分明是一條小徑，路旁插着里程碑，有一塊寫着「陰陽界」，自己一腳踏在陽界，另一腳已經踩在陰界……冷汗瞬間大冒。

媽，妳醒醒！

媽，妳不要睡下去呀。

媽，我們都來看妳了。

媽，妳好些嗎？我們帶了妳喜歡吃的八彩粥。

這時，老媽在大家的呼喚中慢慢蘇醒，睜開了眼睛，第一句就問，阿果沒來嗎？

媽，他精神不太好，在家裏休息。

哼，你們那麼多藉口、理由，他一定是病又重起來了，你們別瞞我了。阿果已經連續四個星期沒來看我了。你們把電話給我，我找找他媳婦，問問她阿果究竟怎麼回事？

電話撥了很久，沒有撥通。

第五個週末，大家又在大姐家到齊了，唯獨老三缺席。

這一個月內，有那麼幾個晚上，老媽都做着和上一次一模一樣的夢，她在陰陽界的小徑上緊追不捨，一個人影在前方跑、跑，他回眸一瞥，打個面照，竟然是阿果。

她心中的疑慮越來越大。

她想，兒女們似乎都安排和配合好了，在她面前共同演出一出戲。這個說阿果下個星期要進行第五次化療；那個說阿果最近胃口很好；這個說阿果喜歡吃速食店的午餐；那個說，農曆新年過後，阿果想去印尼的出生地看看。

老媽靜靜地聽，暗暗地想，你們甚麼時候談過阿果？分明是在打煙幕戰來安慰我的，阿果縱然在病中，從前也是一個星期來看我兩次的，現在連續一個多月了沒出現，肯定有問題，多數是人不在了，你們怕我傷心，說好瞞住我。

阿果出殯那個前夜，兒女們依然不敢通知老媽。怕她聽到噩耗，一病不起。

那晚，老媽一個人在家，工人順嫂照顧着。

今晚發生甚麼事了？怎麼這麼靜！老大阿美出門也沒與我說一聲！老媽突然坐起來，問道。她一個手兒顫抖着，順嫂看到她顫抖着的手抓住一張報紙，另一手指着上面的訃告，繼續怒道，想欺負我不識字？想把事情偷偷辦了？上面阿果的名字，我化成灰也認得！快！快，我們去！你推我，我們坐的士到那家殯儀館去。

在殯儀館送別阿果的大堂，約莫坐着二三十個來送別的人。老媽的子女們看到老媽坐在輪椅上由順嫂推着，出現在靈堂，大感驚愕。披麻戴孝的他們原先坐在靈堂前左側，這時都踴上來，喊着叫：媽！妳怎麼來了？

老媽怒道：你們可以送送你們的弟兄？我就無權送送我的兒子？

老媽囑咐順嫂推着她坐着的輪椅到後面的特別空調室旁的走廊，隔着玻璃，老媽子看到了停柩於空室中央的兒子阿果，她忍住了淚，但眼眶還是模糊了，她恨上蒼對她太仁慈，對兒子太殘酷，讓她比阿果多活了整整二十年，她多麼希望分出一半壽命給兒子……她由順嫂推着她的輪椅，繞了玻璃室一圈，目不轉睛地看着已經停了呼吸一個多月的兒子，靜靜躺在那裏。

老媽的後面，跟着兒女媳婿七八個人。老媽這時突然轉身，對下一輩正色道，阿果是我的兒子，他的死活，我最有知情權，不要説他在人間，我會關注，即使他上了天堂，我依然會趕來看他！

沒人敢出聲。老媽説完，讓順嫂推着她出門口。

遠遠地，還傳來老媽的不斷嚷嚷：

在天堂，我們依然要相會，怎麼可以不通知你們的老母親？！

在天堂，我們依然要相會，怎麼可以不通知你們的老母親？！

老文

那是一個令人懷念的時代。雖然是在紙上爬格子，但工整漂亮的字跡，一個字一個字地閱讀，簡直是一種藝術享受。那時，我大學畢業才三年，告別了每天和數字打交道的枯燥會計生涯，退休的安姐力薦我坐上了這「快遞列車」副刊執行編輯的位置。

我喜歡文字，也熱愛文學。

上班第一天，映入眼簾的就是一迭字跡書寫最漂亮的稿子，署名老文。

「老文是我們老作者，小沁，他不但字好看，文章也流暢。可以學到不少東西。」退休前安姐交代我。

三百六十五天，老文沒有斷過稿。他有兩塊豆腐乾專欄，用了不同的筆名，隔天刊出。另一個和他輪流刊出文章的作者，不是身體不適，就是出遊，由於老文的稿多，大都由他頂上。雖然每篇只有五百字，但看得出他都認真其事，精心構思，一篇是小品、散文詩，每每有發人深省的人生感悟文字，一篇是極短篇（現在的稱呼就是微小說），篇篇內涵深刻，情理之中，意料之外。縱然稱不上天才，但能保持那樣的水準，實在也是一位奇才。

他的存稿始終維持在六十篇。他是一位唯一不用追稿和催稿的專欄作者。我想，若干年後，如果稿件全部電子化了，他的手跡就變成稀有的文物了。我很欽佩欣賞他，好想有日能見到他的廬山真面目。

他的稿通常付郵。有一次，我發現沒有貼郵票的，十來篇稿裝進一個褐色的牛皮公文封內，由樓下收發室的老劉送上來。

我問老劉：「稿件是他親自送來到嗎？」

老劉說：「我不清楚那是不是他？他戴着一頂鴨舌帽，帽子壓得低低的，我們的樓梯一側有好幾格信袋，他將稿件匆匆往那裏一插，就匆匆走了。

我說：「以後他再來，你馬上打電話上來。那樣一個敬業樂業的作者，我從來沒遇見過。我要當面感謝他。」

「好的。」

可是好幾個月，他的稿都是用寄的了。有段時間，他的稿只剩下幾天的，正着急時，他又寄到了，不影響準時發排。有一次能發排的都發排了，真着急是否會斷稿的當兒，樓下的老劉打電話上來：「你快下來，他送稿剛剛走。」可是當我下樓，他已經走得很遠……記得那天天氣很冷，只有七八度，風又大。大約是下午五點鐘的樣子，暮色四合了，街道的燈陸續亮了起來，我看到他佝僂着的背影，中等的身材，戴着一頂鴨舌帽，雙手插進左右兩袋裏。那孤獨寂寞的背影令我的心有點難過，我如被神引那樣隨在他身後沒有目的地走了二十幾步，終於還是鼓不起勇氣追上他，就這樣我放棄了唯一的機會。雖然很有可能作者是另有其人，送稿的是他的親友，但第六感告訴我，沒錯，遠去的背影就是老文其人。

那大半年，他的稿來得最勤，一來就是二十來篇到三十篇，而且越寫越精彩。其他的專欄作者我都見過面了，他們或請我飲茶、午餐，或一起飲咖啡，希望聯絡感情，有的為了表示感謝，也為了博取好感，希望換老總時專欄還能保留，儘管有的寫得不怎麼樣，膽量卻不小，唯獨這位老文，寫得最好的，偏偏久久不露面。枱面上堆疊了二十來封讀者來信，都是讚揚他稿質的。我複印了一份按地址給他寄去，過了好幾天，才收到他的回信，信很簡單，只有幾個字：「寄件收到，非常感謝！」

這天無聊，我算了老文的存稿，竟然多達六十幾篇，足夠兩個月刊用。兩個月來，我在不知不覺中用到剩下六七篇，不見他再來稿。出於關心，我決定登門拜訪。

他住在舊唐樓六樓，樓很殘舊了，又沒有電梯。我爬上六樓，輕輕敲着門，一位大嬸探出頭來，疑惑地看着我。

「大嬸，文先生在家嗎？我是天下報導編輯。」

「文先生死了一個多月了！我是這裏的包租婆。他一個人獨居，死了大約五六天才被發現。我正好去旅行，一個郵差派掛號信來，敲門很久沒人開。從門縫裏嗅到有味道傳出來，趕緊報警。警員來到，破門而入。發現他僵斃在地板上。」

她又說：「文先生有一封信給你們的。」很快她進房交給我一封信，我展讀：

編輯小姐：

很遺憾為貴報寫稿十年，始終沒能與您見面，只怪我太守着稿德，一直避嫌。我不知道甚麼時候向上帝報到，但知道自己患上絕症，時日無多，因此我將稿件多寫了兩個多月的，可以做別的作者不來稿的彌補，方便你們工作。稿費就買多一些冥紙給我燒了。那些剪報就墊我棺材底，也一起燒了吧！

老文

（向爬格子的七十——八十年代致敬之作）

投票

城裏競選區長的時候，黃彪也在街上緊張地活動，不過，他不是競選區長，而是爭取作品上龍虎榜榜首。

如今作品上龍虎榜榜首不需要評審，也未必要過目，只要手機網路微信投票和實際空間紙質投票遙遙領先（相當於早年的「收視率」）那就可以擊敗對手輕易奪冠。

黃彪脖子掛着一個類似紅十字藥箱的四方形投票箱，上面有個扁縫，投票紙約有半張A4紙那麼大，支持他的讀者和大眾可以將選票直接塞進去。

街道兩邊都是人，幸虧是步行街，要不然選情熱爆，幾乎要把一條街都掀到天上去了！

這一天，選區長、選議員、選作品、售旗募捐……各種投票活動都湊在一起了。黃彪一邊走，左右兩位助選人一邊不停地揮旗吶喊——

「投票囉！投票囉！請大力挺黃彪，投下你神聖的一票！微信還沒點贊、投票的，就在今天實體投票囉！」左邊的助選蕭鑄聲嘶力歇地喊。

「投票囉！投票囉！請投下你神聖的一票囉！還差三百多票，黃彪的作品就破一萬票！請大力挺黃彪先生！」右邊的助選勾兑也拉破嗓子地叫。

兩邊幾乎百分之九十都是熟人，人手一票，好快就你投我投，將黃彪的投票箱塞滿。路邊偶爾有「圈外」陌生人問：「喂，作品我都沒讀過，就投支持、點贊票，這樣也行嗎？」

助選蕭鑄說；「怎麼不行？諾貝爾文學獎、魯迅文學獎、中山文學獎、星雲文學獎……還不是靠幾個評審？我們這是發動群眾，靠群眾運動投票已經很了不起了。還看甚麼原作？文學作品見仁見智而已！」

好快，助選手上的點票機裏，顯示短期內有三百多票進帳，黃彪票數突破了一萬票，遠遠把對手拋在後頭。

黃彪見目標已經達到，開心不已，對兩個手下說：「你們打電話到餐廳訂十五桌酒席，多叫幾個朋友來，一起慶祝！」他吩咐蕭鑄回辦公室取一些東西，還如此這般交代了勾兑一番。

晚上在海濱酒家的慶功宴很熱鬧。酒家入場處擺滿了幾大厚冊，都是《世界名人大辭典》《傑出華人精英大辭典》《世界著名作家藝術家百科全書》等約十幾種，還有五六個金質、銀質、銅質以及水晶的大獎盃、獎座擺着。

城裏的名流、淑女、紳士以及黃彪的超級大粉絲都來了。晚宴開始之前，由任主持的勾兑致短辭，介紹黃彪的事蹟：「首先我代表黃彪先生感謝大家的賞臉光臨。謝謝網路虛擬朋友和實際肉質朋友的踴躍投票，令黃彪的作品點擊率史無前例地飆升，破了一萬閱讀人次的大關！光榮地被選為我們城市今年度作品榜首——最佳作品。雖然迄今黃先生不過寫了十幾篇文章，出了一本五十幾頁的書，但影響很大。黃先生是傑出文學家，也是古道熱腸的企業家、慈善家，資助了好幾本厚達七八百頁的人物辭典和百科全書的出版，當然，他的大名和事蹟也理所當然、當之無愧地收進了《世界名人大辭典》《傑出華人精英大辭典》《世界著名作家藝術家百科全書》等十幾種主要辭典中了！讓我們熱烈鼓掌，歡迎他向大家致歡迎詞吧！」

黃彪慷慨激昂地發表了一番講話，還向大家介紹了幾個出版界、文壇的傑出人物，他説他們的活動搞得有聲有色，希望他們站起來向大家介紹經驗。

一個胖子站起來，一邊自我介紹，一邊一隻手抓住《世界名人大辭典》不斷揮動：「我是名家出版集團的策劃人老董，我們今年還會繼續出類似辭典的續篇，名字還沒列入辭典的不要心急，大家都有機會列入的，只要您繳交兩千塊人民幣就可以列名，您就是名人了！或者，辭典每部五百元，出版後您包購四部也可以，我們就把您的大名列進大辭典裏，您就可以嘗嘗做一下名人的滋味了！」

接着，胖子老董一側的一個瘦個子站起來，也是一邊自我介紹，一邊一隻手抓住一個金色大獎盃不斷揮舞，道：「我是年度五百字極短篇大賽組委會主任，介紹一下今年的最大賽事，今年賽事首獎一名，二等獎十名，三等獎一百名，入圍兩百名，名額多，機會大。頭獎頒發鑲鑽石的杯，二等獎頒發金杯，三等獎頒發銀盃，入圍獎頒發銅杯，不過獎盃成本大，都需要繳交費用，這是價格表，派發給你們每人一份……」

兩位的講話頗為轟動，台下的來客一時騷動起來，議論紛紛。

有的說，沒聽過有那樣的做法。

有的說，這太有創意了！

有的問，這是中外文壇新時代的開始嗎？

十九萬

會上，幾個理事看到上頭撥的款多達十九萬，高興得個個眉開眼笑，面泛紅光。

學術理事賈教授自告奮勇，願意包下四場講座，作為大賽之前的熱身活動。準備再請兩位海外學者做評審，各做一場演講，每場酬勞四千五百元。

文藝理事田女士也難抑興奮，說宣傳晚會的歌舞練習要馬上啟動了。副文藝理事鄭女士也熱情難擋，說頒獎禮的演繹活動她可以策劃，會馬上通知她的團隊。

美術理事王先生一反常態，說所有宣傳品他可以設計。

會長看看會開得差不多了，說，好吧，你們寫出簡要計畫書，簽署了，交給財政伍小姐，好讓她統籌，作出一個財政預算。

會長又說，散會！比賽細節，下次理事會再議。

晚上，財政伍小姐將幾位的簽署書拍攝，然後用微信方式發給會長看。他很興奮，從來沒見過理事們那樣積極！慢慢的，他看得熱血沸騰：

學術理事賈教授四場講座，每場四千元，四場共計一萬六千元。他出面邀請的海外學者，每人來回飛機票三千元，酒店住宿兩夜共兩千元，演講費四千五百元，兩人需要共計一萬九千元。他承包的就需要三萬五千元。

文藝理事田女士開出的是，宣傳晚會租地方排練費用是五百元一次，練習八次就要花四千元。她的團隊十個人車馬費每人四百元，十個人就是四千元。加上做服裝、買道具約兩千元。所需開支共一萬元。

副文藝理事鄭女士在頒獎禮上的演繹費用，其中她的指導費用五千元、團隊演繹三篇得獎作品的費用，每個是五千元，三個加起來是一萬五千元，總共兩萬元。

美術理事王先生有關海報、書簽、電腦簡報和得獎集子的設計費用每一種是五千元，四種共是兩萬元。

……看到這裏，先前會長是熱血沸騰，此刻，變成了怒火焚身了！老婆與他一起生活幾十年，從來沒有看到過他的「豬肝臉」，有點害怕。會長說，香港有廉政公署，他們有利益衝突，也完全不害怕，這是公開搶錢！公開搶錢！

老婆問他，搶錢？

會長說，你算算看，三萬五千元、一萬，兩萬，再兩萬，還沒比賽，我們主辦機構自己就消耗了八萬五千元，再出三本書，保守的話都要六七萬，還有頒獎禮租場地租金至少也要兩萬，剩下的不到兩萬了，得獎入圍的共取三十名，獎金可能還不如父母派給他們的零用錢，太畸形太不正常了！

老婆問，那你準備怎麼辦？

會長道，我若讓這樣的瓜分通過，我不姓王，我愧對祖宗！十九萬，把人性中那種貪，表現得那樣充分！許多人忘記了我們的會是不牟利的，舉辦比賽做的事完全是義務的，一個個獅子開大口，多麼令人寒心啊！尤其是演講那裏，不是用推薦方式，一來就是自告奮勇，一點中國人的禮儀和謙讓氣味都沒有，也夠明目張膽的！我都替他們臉紅！

老婆搖頭太息，道，袋袋平安呀！

終於等到了下一次理事會。因為有撥款，以前一向出席率很差的會議，這一次全都出席了。這令會長想起了蒼蠅，哪裏有臭味，就逐臭追過來了。他禁不住冷笑一聲，搖搖頭。

理事們望着他，感覺到他此刻有點神經質，怎麼頭一會兒一篤一篤的，一會兒左右一搖一搖的，搖得像撥浪鼓似的；會長自己倒沒有發現自己的異樣，畢竟這些都是自己無法操控的下意識行為。

會場靜得有點不安。一向慈祥和氣的會長，拿着四張計畫書的左手顫抖着，會議開始時，霍地站起來，右拳猛然向桌面大力擊下：

好啊！將撥款瓜分得那麼乾淨利索！簡直不把納稅人的錢當錢！誰要賺錢，都不要到這裏賺！大家都忘記了，我們是甚麼團體？我們是不牟利的團體啊。正好來稿時間截至了，參賽只有三五份，品質又那麼差，按比賽規定主辦機構有權取消賽事。我已經準備將款退回給政府撥款部門！

會場上一片譁然。

散會！

×××

據説那幾個理事非常不服，告到顧問和名譽會長那裏。會長不久接到他們的電話，約他飲茶午餐，將對他興師問罪。

好啊！會長滿口答應，準備迎戰。

他相信，聰明的賺錢英雄一定會被他這一隻愚蠢的退款狗熊擊敗。

導遊笑咪

「進來。」

笑咪推開了門，看到了何總經理那張嚴肅的臉，竟也是一位女的。

笑咪想到了一個月前也是被喚進總經理辦公室，領了一個大信封之後，她就被那家旅行社炒了魷魚。

指她不帶遊客進入按公司指定的購物點購物，令旅行社蒙受損失。

好，東家不做做西家！

在新公司她被安排擔任十幾名外地遊客在香港四日深度遊的導遊。她依然不照行程實行，結束後，她寫了一個書面報告交上去。反正她鐵了心，如有違她做人宗旨，那就辭工也在所不惜。

「妳等一下。」突然，何總開了門走出去。

笑咪愣站在那裏。

四天來的行程如過電影一個一個片斷那樣在腦海裏掠過。

在太平山頂的觀景台，暮色四合，華燈初上，不旋踵，城市棟棟大廈視窗的燈光已經睜着喜悅的眼睛與夜天璀璨的星星族群相輝映了，維港蜿蜒逶迤猶如裝飾了彩燈的蛇，矗立的建築群好似株株發光的樹。居高臨下，美得動人魂魄。一對酷愛攝影的中年夫婦站在她身邊，連拍了幾張純景照，對她發牢騷：

「你們香港的夜景這麼美，幸虧妳白天取消了鑽石城購物的節目，不然來山頂沒幾分鐘又得趕鴨子般趕下山！」

怎能忘記星光大道？那個專門收集電影藝人簽名式的唐佐治和他的追星女友愛彌蹲在地板上，對着那些手掌和簽名逐一拍攝的情景，令她感動。年輕人愛香港，來香港已經八九次，這一次重點就是收集星光大道的資料，笑咪為他們拍合影的時候，看到了年輕人的熱情，兩雙眼睛裏對香港的讚美。笑咪心想，如果今天不堅決取消兩個強迫購物的節目，他們哪裏能夠在星光大道逗留那麼久？

她喜歡笑，記得第一天從赤鱲角香港機場接機時，在旅遊車上，她自我介紹時，兩頰酒窩顯現，「我姓徐，名字叫小米。因為愛笑，外號就叫「笑咪咪」，簡稱『笑咪』。」車上的大小遊客都笑了起來，拉近了彼此的距離。「你們有甚麼意見，儘管說呀！別怕我！」馬上有一位憤怒中年指着手中的行程表，發火道，你們在四天三夜的香港深度遊中，居然安排了八次指定購物的專案，每一次都是兩個鐘頭，實在太過分了！請改一改！我們情願多付一些小費給你們公司！」笑咪馬上回覆道：「有道理！有道理！我會靈活處理的！」

最高興的是赤柱遊，本來行程上沒有安排這個景點，因為有一對已七十歲的老外夫婦懷念赤柱的咖啡座，說早年在香港工作過，節假日常常到赤柱臨海的咖啡座，坐在遮陽傘下喝咖啡，看夕陽。這一次，希望能實現他們夫婦的夙願，在赤柱坐上一個小時，作為慶賀他們金婚的節目。笑咪徵求大家的意見，是否願意去赤柱？結果大多數有興趣，去了還滿載而歸。行程的代價是取消了當日一個強迫購物的專案。

又怎能忘記夜遊輪滿船的喜呼樂叫？正遇初二夜晚煙花匯演。為能臨時增加這一節目，必須提早訂票，提早上船，因為「套票」包括了夜遊、吃豐厚的自助餐、看歌舞、魔術節目以及看煙花匯演，堪稱「四合一」！雖然遊船套票價格不菲，但卻是全團遊客「投票」贊成的活動。她記得今天在車上一位女生讀出大家的意見書：

「笑咪導遊，我們對行程安排那麼多的強迫購物活動很有意見！請儘量取消吧！我們參加香港遊，是要來看香港的，不是來買我們不需要的東西的！夜遊維港賞煙花，我們喜歡你們又沒安排！船票裏相信已經包括了你們的傭金了！」

笑咪細心聽，聽完笑容，馬上回應道：「ＯＫ！我贊成！」

既然豁出去了！豁出去了！甚麼也不怕了！笑咪想到那一個夜晚，大家玩得那麼盡興，她就感到無限的欣慰。

何經理帶着一個牛皮大信封進來了。她坐在大班椅，將大信封交給笑咪。笑咪已經有思想準備，東家不做做西家！她拆封，想看究竟計算了她多少薪水。不意掏出一張硬紙，那是一份金獎獎狀，表揚她成為公司今年年度唯一金獎獲得者，理由是「視遊客利益為最大利益，為旅遊同業爭最大信譽」。

女經理說：「改革細節，我們容再另斟。」

笑咪呆在原地。

電車叮噹響

電車叮噹響。

我穿着一身懷舊的樸素服裝，穿行在大都市的心臟地帶，看上去一定很不相稱，但只要大家不離不棄，又怕甚麼有礙觀瞻？我至少已經是百歲老人，我的存在其實很有珍貴的價值，我見證了香港百年來的滄桑盛衰。

我從早期的漁村出發，我看到那些穿着漁民打扮的人在曬網、製作鹹魚，漁船停泊在岸邊；水上人家的艇屋裏，少婦在帳篷裏面掀開上衣角餵哺幼嬰。我走過上環，在皇后大道西到高陞街那一大片，我看到各類海產、冬菇、元貝、海參、蠔乾等乾貨和中藥物成行成市。

那個電車行駛到中環盡處就得轉彎轉到干諾道中、如今那古董的郵局，還在那裏，一家茶樓開設在樓上。郵局彷佛散發出舊郵票的氣息。我走過中環，看到「當」字招牌高掛在兩三層樓的外面，舊街市外牆畫滿了藝術家的漫畫傑作，舊日的香港風情變得觸手可摸。迎面而來的一輛電車險些兒要撞到我，幸虧只是與我擦身而過。這兒的中國銀行與滙豐銀行並存；石板街賣明信片、報紙和各類印石的攤檔依然還在，風情依舊，人面全非。我走過灣仔，看到了那個老球場、海灣的遊艇，諸多小巷的食肆，高高低低的、橫橫豎豎的店鋪和廣告招牌。我走過銅鑼灣，看到了避風港裏的舢舨白天都在安靜睡覺，想像着夜晚汽燈的通明，那些歌娘的粵曲。我走到了北角英皇道423號僑輝大廈那間可以坐上一千七百零九人的於1972年開幕的新光戲院，快要半個世紀了，今日猶存，與大戲院解體成ＡＢＣ迷你戲院的局面和平共處。我繼續前行，筲箕灣、西灣河、柴灣，在柴灣，臨海處看到了早年的鯉魚門，那是幾乎快要被遺忘的漁村，如今一些豪客吃海鮮的地方。

電車叮噹響。

我從歷史的隧道，穿過一百多年的風塵走過香港的街道。從西走向東。華燈初上，夜色開始蔓延。香港的夜晚曖昧迷離，夜夜不眠。香港的早晨賣着各式早餐，既有豆漿油條艇仔粥，也有雞蛋火腿三文治奶茶、咖啡和鴛鴦。香港的中午有勞工的簡餐速食也有高檔的自助餐，下午的下午茶打着優惠價格，夜晚的婚宴一席從七八千元到兩萬元乃是平常事。我看到陪伴我的駕駛員江香大姐停在灣仔的時候，餐廳的服務員飛跑過來，遞給她的是腿蛋三文治配奶茶，而我吃的僅是一元兩元，開始的時候不過是一角到兩角。

電車叮噹響。

我的外貌有時也有變化，身體貼滿了各種大幅廣告，成為在大城市移動着的怪物。我在這繁華的大城市走了一百多年，沒有倦意；幾乎瀕臨死亡了，卻又經歷一番激烈的爭論，復活過來。只因我豐富的閱歷，無人能匹敵。

我曉得港督改稱為特首，我遠遠看到最權威的府邸門口，同一個旗杆最頂上飄揚的，不斷地變幻，從米字旗換成太陽旗，再從太陽旗換成米字旗，再從米字旗換成五星紅旗。

旅遊局的人與我協商，我當然沒有異議，他們要掀掉我頭蓋，再讓我穿得花花綠綠的，讓我與數十名外地遊客一起做環城遊，能為香港服務，我沒有理由拒絕。

老香港們紛紛提出，最好將我稍微裝修，坐得舒服，一起看街景，無數的街景斷片連接起來就是一幅香港城市風情畫的全景，猶如清明上河圖，我覺得有道理，所花費的不過是一兩元。

啊，可能你忘記了？還在一周前，香港的文學家們還把我整個的租用下來，造成「走動的現場」。演繹的是香港最資深文學家、九十八歲的劉以鬯的名着《對倒》。我渾身被黑布密密實實封住，流動的我變成了一個長方形的暗室，一邊是香港少女阿杏的意識流，一邊是上海來的淳于白的獨白，暗室沒有窗，只有兩個小孔，將外面世界千變萬化的風景投影進來。阿黃，你不也是參加了嗎?這一段光影旅程真叫你們難忘吧?作家的平行敍述，交織着奇特的時空對話在香港島穿梭，也在證明着我功能的多元。

我穿行在歷史的、商業的、文化、文學的香港軌道上，不畏懼任何比我現代快速的交通工具，來去穿梭在島上新與舊的光影裏。

我是一輛老電車。

電車叮噹響。

永遠的蝦婆

粵曲「帝女花」唱詞在紅磡菜市場響起來時，賣菜買菜的，都曉得撿破爛的蝦婆來了！

那變調、輕鬆的、旨在調節勞累的哼哼，幾乎成了菜市報時鐘，此刻，已經是早晨「八點半」了。

賣橙的會把橙箱給她。

賣雞蛋的會把蛋箱給他。

賣其他水果的會把各種裝水果的包裝箱留給她。

大廈管理員會告訴她幾樓有人清理了大堆舊報刊，讓她進大廈乘電梯上去撿拾。

連路邊在垃圾桶覓食的黃狗會經常咬着一片紙皮走到她面前。

約一個多小時後，蝦婆滿載而歸。

蝦婆拉着迭如小山高的紙箱舊報紙，整個背部彎如一座肉質拱橋，臉面差一點就貼着濕濕的路面了，慢慢地走過人行道，上坡下坡，過大馬路。

因為小車載得重，走到半途綠燈轉換成黃紅，所有汽車都會等着她，一動都不敢動。

從六十歲拉到快八十歲了。撿拾廢紙皮舊報紙數十年如一日，風雨無阻。

每天清晨，她計算得好好的，八時出發，推着小車，鎖上門的一刹那，她會一邊握緊拳頭，露出傻笑，一邊鼓勵自己，用勁道出：出發！

蝦婆很愛笑，笑起來的時候，臉上的皺紋燦爛如一朵盛開的千瓣玫瑰。

買馬中彩，那怕只贏了幾十元，都會到處與人分享，高呼蝦婆中馬！小賭怡情！蝦婆中馬！小賭怡情！在一邊收拾破爛時，灑下她一路的笑聲。

蝦婆善待動物，孫子到外國讀書後，她收養了一隻流浪貓和一隻流浪狗。出門，喜歡將少許動物食糧塞進衣兜，遇到狗在垃圾桶扒東西找吃，她會搖搖頭，說，這裏不會有你愛吃的東西！然後將骨頭甚麼的一拋。狗吃了，親熱地對她輕吠幾聲，她會樂得臉上皺紋一抖一抖的，最後笑成一團看不到眼睛的皺紙。

見到少婦牽拉着松皮狗，她拍掌大笑道，這只狗真醜怪，女主人卻那麼漂亮！

蝦婆的好幾位「撿紙皮」的夥伴，年齡都比她小，都申請級別更高銀額更多的綜援金了，唯獨她不肯。

蝦婆將廢紙皮舊報紙拉到收購站秤，那秤重的大叔嚇了一跳，說那麼重！一一搬動。才發現紙皮都迭壓得很小很實！有時，考慮到她年邁，想多計斤價，都遭到她搖頭拒絕，她大笑，你們沒有我行，你們拉得沒我重！

中午，她進速食店，吃得不寒酸，有湯有菜有肉，一個人吃得津津有味，她自言自語道，不吃好怎麼能幹活！不吃飽如何拉得動小車！哈哈哈！

吃罷，蝦婆會開心地唱起任劍輝和梅雪詩的《帝女花》，幾個餐廳服務員都圍住她，快樂地傾聽，問她又甚麼好消息。

蝦婆張嘴說了，邊說邊笑，我孫子考試成績表發下來了，科科滿分！昨晚打電話給我，樂得我一夜失眠了！呵呵！

蝦婆，你孫子讀博士嗎？有人問。

是啊！她高興地答。

畢業了嗎？又有人問。

再過一年啊！

那蝦婆你不用再那麼辛苦了！不都有助學金嗎？

呵呵，他成家立業、結婚生子，我忍心袖手旁觀嗎？

圍着她東問西問的女服務員們轟然大笑，有的還笑出了眼淚。有幾個大概自相形穢，想到了自己在速食店天天抹桌收拾，怨氣太重。

大家都知道蝦婆在屋村獨自住着，栽培着一個父母因車禍雙亡的孫子不斷讀上去。已經好幾年了。

是的，有時她在菜市勞作時，孫子那裏正處夜晚，會突然來一個長途電話。拉着空車的她興奮得手足無措，講了幾句，會交代她在另一半球的孫子說，「你等一下」，然後將手機遞近幾個賣菜的阿叔阿嬸聽，我孫子的聲音！我孫子的聲音！今日我好開心呀！

誰都沒想到好像很健康的蝦婆被送進了醫院，而且病情已經到了晚期。

醫院從手機裏查到她孫子的電話。

孫子三天后趕到，還帶了博士畢業證書。

早晨，蝦婆在病牀上知道要見孫子了，哼起了粵曲，幾個醫生都圍住她，貫注傾聽，看着笑得不見眼也不見牙的她。

七點五十五分，孫子沖進加密特護病房。

他將畢業證書塞在奶奶手中。祖孫倆都淚如雨下。

蝦婆一手慢慢垂下，一手顫抖巍巍地指着牆上時鐘，口中念念有詞的兩個字是：出發！

時針指着八點。

一滴大淚珠停在蝦婆眼下，兩朵疲累的花依然開在她嘴角。

蝦婆沒有再醒來。

為了愛的緣故

安樂。

酒精的氣息氤氳在空間，白色的四面壁猶如一個令人敬畏的四方盒，穿着白衣白裙的人，如一張張白紙片在眼前飄忽來去。

六十多歲的林茂入院兩個多月，被診斷出患了骨癌。林茂的妻子茂嫂是巴士公司的職員，白天開巴士，只有下午或晚上來照顧丈夫，心身皆疲憊不堪。

林茂不時痛入心脾，例如現在，一張臉兒像被捏皺的紙張，扭曲着，渾身大汗，濕透內衣，無法入眠，輾轉反側，滿牀亂滾。兩個月前好端端的一個人，從五十幾公斤銳減到三十幾，剩下皮包骨。

主治醫生及幾位醫生會診後，家屬一家子大小四口再與醫生協商。醫生估計病人生命至多延續一個月，不過會去得很痛苦很難受。

現在病人都靠管子輸液，維持到最後的日子。

家屬再問了一些細節，醫生都詳細解釋了。茂嫂對醫生說，我們退席，協商一會，會把最後決定告訴你們。

第二天，茂嫂代表一家簽字後，醫生拔管的一剎那，林家一家大小都別過臉去。他們都不忍心看病人的最後一息，哪怕只是掙扎了一瞬間。

那是星期天上午，病房內一片安靜。窗外正下着細雨，天色陰陰的，醫院外一列美人蕉，葉子濕漉漉的，尖端垂着滴滴水珠，像是傷悲的眼淚。

阿茂安樂去了後，家屬都圍在病牀周圍，他們看到阿茂很安詳地永遠沉睡了。茂嫂離開醫院時，眼前總是彷彿看到丈夫病前喜歡坐的那張安樂椅，他喜歡搖搖搖的，今天，他躺在安樂的牀上，牀如一張飛氈，帶他飛往安樂的天堂。

黑白。

昏黃溫馨的橙色燈下，一個老婆婆在一針一針地為兒子阿茂縫衣。空氣裏彌漫着薄荷的氣味，窗外呼嘯着晚風，雨點沙沙打着樹葉。

當天晚上，茂嫂帶兒媳孫子來探望這位九十五歲的婆婆。

婆婆住在大伯家，正坐在一張長沙發上最靠內牆的一邊。

阿茂怎麼樣？有沒有好點？你們明天下午到醫院探病時，把這件衣服帶給他吧。婆婆說。

好點，精神不錯。

醫生怎麼說？

醫生說，再過一個月，如果沒甚麼，會考慮給他出院回家了。

那好啊。只要茂兒能好起來，我都願意短幾年命。

媽，妳不好那麼說，我們都希望妳不止一百歲啊。

媽已經吃得太老了，像一堆贅肉而已，已經純粹是廢物了。

突然，婆婆想到了甚麼，說，對了，見到蝦婆，叫她來我們家收報紙，廢報紙又存了一大堆了，不但不要收她的錢，相反，還應該貼她一點！

好的。

⋯⋯離開婆婆家時，茂嫂望着站在門口送她一家進電梯的婆婆，一頭雪白的頭髮好似戴着一頂美得炫目的白色雪帽，想到她的兒子此刻已經在太平間，渾身蓋着白布，只有一頭黑髮稍微露出來，不禁忍住淚，一直到樓下才大哭，哭出聲來！

路燈下，茂嫂的兒女陪伴左右，沿着淒迷的燈色下那條安靜的人行道走回家，那條路彷彿很長，很遠，走不完似的。

蝦婆。

淩晨的菜市，斜坡的路面濕濕滑滑的，一些掉落在地面的殘菜敗葉，被熙來攘往的鞋子踩踏得支離破碎。一隻狗兒在地上嗅嗅聞聞的。

蝦婆身體彎得像一隻乾癟的蝦，臉兒幾乎觸到潮濕的路面。她背後是一架把手鏽黃殘舊的小推車，車上是堆疊得如山高的廢紙皮紙盒。小推車的把手，兩邊用繩索綁了一個圈，老婦的雙臂，就伸進去，松瘦的雙臂用勁向前拉。

在滿地潮濕膩滑的菜市外那條斜坡路，每天都可以看到蝦婆拉廢紙皮。她每天都要拉三趟。左鄰右舍都知道她領着政府的水果金（老人補助），不願再申請其他，二十幾年來，一直與一個父母離異的孫子成成相依為命。成成去英國半年了，雖然不缺費用，蝦婆不願意看到他太辛苦。

想到孫子成成那麼出息，蝦婆就眉開眼笑。

那是臨走前，孫子說，阿嫲，你不要再拉車了。費用我不缺。在那裏，我可以半工半讀的，到餐廳打洗碗工。

你別做，生活費我就給你寄。你一去半年後就考，考上馬上給阿嫲電話報告喜訊吧。

半年後的一天，見孫子沒電話，蝦婆打過去。問成成考上了嗎，怎麼沒電話？

阿嫲，考上了，考上了。高興得忘了對你說呀！成成在電話那頭興奮地說。

蝦婆還沉浸在滿心的喜悅裏。此刻，阿茂妻走到菜市，見到了蝦婆。

……蝦婆，我婆婆叫你上門收廢報紙，又有不少了。

好呀。告訴你，好消息啊，我的孫子成成考上英國的名牌大學了！

蝦婆繼續拉車，開始過馬路，潮濕黑髒的小車在馬路上留下兩道悠長的輪子印。

喜訊。

霧都的大紅色巴士在大馬路上橫沖直闖，與香港的兩層大巴士如出一個母廠，然在他鄉餐廳洗碗的辛累，成成覺得在以前自己生活慣了的城市體會不到。

成成望着落地玻璃窗外的車和人，不禁想起了香港拉廢紙皮賣的阿嫲。此刻他與林華在一家餐廳吃午餐。浮想聯翩。

昨晚，他放下香港阿嫲的電話，望着書桌上的落榜通知書，內心對阿嫲泛起了深深的愧歉。唉，那麼辛苦掙錢給我，如果我告訴她考不上，她會多麼失望。反正很快可以再考一次，我多努力就是了。

那時，同住一宿舍的林華，聽到他對阿嫲說考上的謊言，拍了拍他的肩膀，安慰他道，沒事的，謊言都是無奈的、善意的啊。不久前，我香港的阿茂叔叔去世了，我們兩家人都沒有跟我阿嫲說。她九十五歲了，告訴她真相，那是太殘酷了。

啊，是嗎。成成說，突然想起了明天又是星期六，問林華說，明天約了蘭蘭嗎？林華點點頭，又搖搖頭，歎了一口長氣。

甚麼意思？成成問；林華說，約是約了，可是與蘭蘭拍拖恐怕沒結果，唉！

窗外的霧都街景與香港的某區竟然如此相似，再次觸動了成成對他阿嫲的思念，也勾起了林華對一起從香港來此讀書的蘭蘭的思緒。

分手。

週末。大霧彌天。

大霧茫茫中，遠處樹影朦朧，草地都濕濕的。在那個有相當歷史的著名公園，一個偏僻寂靜的角落，林華和蘭蘭坐在一條長椅上。應該是分手在即，帶有一種最後攤牌的性質，林華神情凝重。

要分手也要分得讓我明白，我們好好的啊。林華聲音顫抖說。

就是因為你待我太好，我不能那樣自私。我已經決定了。

那到底甚麼事？

我有病，華，不想連累你、拖累你！剛剛體檢過，我的病很致命，醫生判斷，我的命不出一年。我不能耽誤你。

蘭蘭說完，林華眼淚奪眶而出，把蘭蘭緊緊抱在懷裏，蘭蘭把他輕輕推開了。

儘快把我忘記，也不要告訴我爺爺奶奶。蘭蘭說。

難道……她編個俗氣老套的劇情故事來騙我？林華簡直想大哭一場。

蘭蘭回到小島醫療。學業結束的林華陪着她。她的病撐不出一年。

在病牀上，蘭蘭的手慢慢冷卻，雙眼下各停留着一顆大淚珠。

你幫我照顧毛毛。

好的。

清明節的下午，墓地上的針葉樹的墨綠色和遠山的暗沉，共同繪就老天陰冷的臉。林華把無數粉紅的玫瑰花瓣，撒在蘭蘭墓上的草坡。身後跟着毛毛。

抹身。

清明節過後，空氣冷熱不定。白色的醫院粉牆，掩映在綠色枝葉的空隙間，是那麼鮮明和肅穆。病房裏，又是那種藥物的氣味，濃得化不開。

一個八十多歲的爺爺中風，手臂半邊不能動彈，衣服半撐開着。他的老伴站在病牀一側，手拿着一塊毛巾，吃力地為他抹。

婆婆，我來吧，我來吧。

一個少婦在探望生病的母親，站在鄰牀邊，看到這情景，心想，老婆婆老到都需要人家照顧了，還照顧老頭子。她再說了幾次，婆婆，我來幫你吧！她走過去，把老婆婆手中的面巾奪過來，將老頭子的上衣全剝下來，開始從臉抹起，又抹他的滿是污垢的脖子，少婦手勢嫻熟，動作溫柔，老頭子滿意的不住點點頭。她抹到脖子下，就走到洗手間過過熱水揉搓擰乾，來來去去三四遍，終於將老頭子上半身抹得乾乾淨淨。老婆婆感動得不停感謝她。

怎麼稱呼？婆婆問。

我叫阿曉。

阿曉靜靜地聽着兩老對話。

婆婆說，昨天接到一個林華先生的長途電話，說是蘭蘭的同學，他說蘭蘭在外國一切鑾好的，叫我們不用擔心。老頭子說，那就好了，不然我們怎麼對得起她死去的父母呀。……

阿曉見病中的母親累了，要休息了，也就起身告辭。經過老婆婆面前，她把她攔住，說，我不知怎樣來感謝你，又沒甚麼好東西，這個妳收下，八粒熟雞蛋。老頭子說他兩粒就夠了！

阿曉堅拒，說道，舉手之勞，舉手之勞！後覺得拒人於千里之外，很傷老婆婆的一番心意，就只是取了一粒，放進手袋裏，趕緊走了。

醫院外，陽光灑下一地的暖。

狂奔。

暖和的午後，路上行人很少。醫院處在新區，來往的車子不多，每一個車站都相隔得比較遠。

阿曉從醫院走出來，就往約一公里遠那個可以搭車回家的車站走去，她走了一會，看到遠遠有輛巴士往那個車站開來。她拿出做女生時期勇奪百米冠軍的勇氣，開始向遠處那個車站狂奔。

正是殘春季節，阿曉的牛仔褲膝部裂開得更厲害，風兒颼颼地竄入，她也顧不了那許多了。

她看到那輛巴士很快就要到車站了，她加足馬力，全速狂奔。風在耳際呼呼地響，胸前兩團結實飽滿的小球有節奏地上下跳躍，運動鞋後跟在馬路有節奏地拍拍作響。路人紛紛側目。

阿曉有點得意，眼前出現了學生時代在學校運動場上百米衝刺、被學校一大群粉絲簇擁的畫面。都有兩個孩子了，我現在還行！我現在還行的！

完了，完了。當她看到巴士停到車站，可能沒看到她一直在揮手，下來幾個乘客，又上去幾個乘客。好快又開走了！

她依然不願意放棄，還在一邊狂奔，一邊揮手，希望巴士看到她，不要那麼快開走。可是巴士此刻，動了動，還是開了！唉唉，此刻阿曉像泄了氣的皮球，鬆軟了下來，也開始放慢了腳步。但她的手不想停止揮動，她仍然希望巴士司機遠遠能看得到她的揮手，突然停下來給她上車。但龐然大物的巴士似乎瞧都不瞧她一眼。阿曉好無奈地望着那輛巴士，歎着氣……

阿曉剛剛想狠狠地罵了一句甚麼，抬頭就看到，那輛巴士開近了，開近了，突然停在她跟前，而且是對準她在馬路站的位置停住，車門兒咿呀打開，請她快上車。那是茂嫂開的車，她以一臉和善的笑容招呼着她。

謝謝，謝謝，謝謝大嫂。謝謝妳特地停車給我上啊。

不謝，不謝！我就是看到妳一路狂奔，太累人了，特地開過來讓妳上，你也可以少跑一段路嘛！您看您喘成那樣！快，快！茂嫂說。

謝謝，謝謝！司機大姐，妳真是大好人啊。

阿曉跳上了巴士。過幾個站，阿曉準備下車了，想不出怎樣來感謝司機茂嫂。突然她靈機一動，從手袋裏取出還是有點微熱的那粒雞蛋，說，我不知怎樣來感謝你，又沒甚麼好東西，這個妳收下，也是別人送給我的。她硬硬塞進茂嫂戴手套的右掌中，茂嫂來不及回拒，阿曉匆忙地下車了。

阿曉站在巴士路邊，望着車上坐在司機位置的茂嫂正開動馬力……

阿曉望着車上人大叫，謝謝大嫂——謝謝大嫂——

她一邊喊一邊揮手一邊跑幾步，目送巴士遠去……

墓園。

三年後的清明。

藍色山脈在遙遠的天際勾勒出起伏不平的曲線，綿綿細雨像是有多少個人兒在天際流淚，憶起故人。芳草萋萋，葉上都是濕濕的。幸虧，雨絲綿綿，並非傾盆，在墓園拜祭的人還不至於太冷清。

無數的墓碑豎立着，那麼小，那麼多。大理石的小碑，刻繪着長眠者的名字。

大小劃一，無論貧富，這兒一律平等。

墓碑前，無數把傘撐開了，傘下站着掃墓者。

這一把傘下是成成，他把自己在英國的大學畢業證書副本和冥紙一起燒給阿嫲蝦婆，口中念念有詞。

這一把傘下是林華，他依然把千餘瓣玫瑰花瓣撒在蘭蘭周圍的草地。

這一把傘下是阿曉，她陪着一位婆婆來，鑒於那次在醫院幫着她替老頭子抹身體，此後還不知多少次這樣做，孤苦的婆婆認她做義女。她大半月來借着照顧母親的機會天天來醫院，天天替老頭子抹身，大半月後老頭子離世了。

這一把傘下是茂嫂，她身邊還有傘，傘下是兒媳和小孫子一家。他們燒香，還是感到了一種欣慰，回想那一年林茂安樂去，走得早，少受好幾年的苦。

幾處的冥紙在燒，灰燼飄向灰色的天際，像是無數黑蝴蝶在飄舞，分不清那是哪家的了。

突然，她小孫子發現草叢深處有個土堆，有兩人站在那裏，在土堆各插了一支香。他問那是誰，在做甚麼？

茂嫂説，你的林華堂叔和他同學成成在祭拜蘭蘭的狗兒毛毛呢。毛毛前幾天死了，就與牠的母親——一隻一年多前死去的老狗埋葬在一起。蘭蘭説過，毛毛生前經常到她這裏的母墓周圍轉轉呢。

阿曉聽到聲音，與茂嫂打了個面照，驚喜的說不出話來，都一起憶起追巴士狂奔的一幕。

雨漸漸小了。

雨中，你我對望，你我似曾相識，只是匆匆擦身而過，明日已是天涯。

雨終於停了，回眸一瞥，景色清晰，咫尺也是天涯，轉眼已然百年身，相逢何必曾相識。

沒有燒完的冥紙繼續燒完，飄散的無數黑蝴蝶飛滿天，它們俯望幾把彩傘在地面移動，終於飄逝在天的遠處。

回程的列車

列車轟隆隆地迅速向前行駛，車窗外看得出一輪火紅的夕陽，像一粒超大的蛋黃，越來越大，越來越大，正向着西邊墜落……

列車終於在殘破的6102站舊火車站停下來了。

6102站

小東從行李架提下小皮箱就下了火車。回眸咀嚼站碼，感覺上怪怪的。

他走到售票處，那裏已經有十幾人在排隊。

輪到小東時，他低下頭，看着小視窗裏的售票員，問，可以買今天下一班的回程票嗎？長者證有效嗎？

售票員答，可以，怎麼不可以，長者優惠半票。

他驚喜地將迷你車票的時間仔細讀一次：5月30日19：05，沒錯；還對了車廂、座位、找回的錢，無誤，遂安下心，迅速地又走到月臺上，找了一排靠背長木椅坐下來。距離開車時間還有一個小時。他的目光在鐵路圖示表上停駐，圖上文字說明，回程沿途會經過幾十個站，但近些的都不停站，最後五六個站才會讓乘客下車走走看看，聽說最美的風景都集中在那一區。

上車了。乘客不多，靜悄悄的沒有任何噪音。他翻開自己帶來的一本叫《閒暇的吉羽閃光》的迷你精緻小書，隨意翻到哪一頁就讀，那都是一些沒有邏輯關係的精短「金句」摘錄小輯。扉頁上寫着法國羅曼•羅蘭的一句話：

人生不出售來回票，一旦動身，絕不能複返。

小東不太理解，只看了幾頁，已覺顛簸疲憊，但想睡卻還是壓抑不住興奮。近百萬字的三部曲終於在上個月殺青，剩下的僅是刪改和潤飾，一生的心血全部都濃縮在裏面了，夫復何求？去年，與老伴小馨攜手遊天涯，走了世界九十九個國家城市，明年初，再下一城，這大半生走過一百個國家城市也就心滿意足了，畢竟他們不是旅行家，他們是出版人，喜歡文字。

小馨說會在那一頭的7591小站等他。他看看表，火車只是走了半小時，他感覺好像經歷了半個世紀那麼慢。他閉目一會，黑暗開始大片大片地蔓延上來。

不知過了多久，小東被悅耳細柔的廣播女音驚醒，醒來，他繼續讀那本帶在身邊的一本小書，讀到這末幾行：

> 人，都是赤裸來到這個世界，最後也都空手而離去。
>
> 初戀，甜蜜又青澀，歲月遠去，剩下的都是一串親切的回憶。

很快，火車停在了下一個站。

0691站

小東一下車，就被來接他的二哥抱住親臉。二哥只是比他大四歲，這一年不過是十八歲，卻好像已經二十八九歲，他高出小東一個頭，絡腮胡爬滿下巴，密集的鬍鬚剛剛刮過，顯出一片青，那留在肉上的刺，每一根都堅硬得如小鋼針，親得他臉上如貼在硬毛刷上。他一身足球員打扮，短褲、短袖運動衣，胸前一個大大的5號，右手和腰際間夾着一個足球，左手抓住兩本集郵簿。

哥，你考試怎樣，爸媽擔心你畢不了業。高一你留級，讀了兩次。小東說。

大不了以後就考體育學院吧，二哥說，對小東做了一個無奈的怪臉。

小東說，球我就不跟你踢了，我沒興趣。我們一道去撿郵票吧。我剛上初中一下午班，只能用上午的時間、星期天一天，你也是下午班，我們就一起出動吧。

二哥當天直接帶他逛巴城加渣馬達大街，在每一間寫字樓、大廈樓下、路邊的垃圾桶翻動尋覓，那些垃圾桶通常不會有其他雜物，都是信件、文件、報刊為多，遇到外貿、進出口公司他們最為興奮，一大疊被丟棄的信封，右上角都貼滿沒有見過的珍貴郵票，那就是他們的戰利品了！他們的目標定得准，都是看到大公司才在它門口的垃圾桶翻找，遇到餐廳、住宅就繞過。走過唐人街班芝蘭、商業街小南門，再跨過橋樑，到對面的哈奄烏祿大街逐間寫字樓前、馬路邊的垃圾桶大翻找。最後往往走到父親在其中一間公司做小職員的旗杆街，他們依然像乞丐似的在撿拾郵票。

快快，不要給老爸看到。二哥說。

小東說，爸看到我們像城市的流浪兒、小乞丐，一定氣死。

最後他們去快樂世界娛樂場的小小書店看郵票。

二哥說，你看，這一套賣得那麼貴，我們只缺一張，就成套了，一分錢也不用花。小東興奮地說，你收集了三大本，我收集了兩大本，都可以開郵票小鋪了。

回到居處，小東和二哥會分工合作，盛來一面盆的自來水，撕下有郵票的一角，大約半天功夫，郵票自動脫離信封，像一隻隻小魚浮沉在水中，撈起，背面朝上地在舊報紙上晾乾，再夾進乾淨的空白筆記本裏壓平，好幾天後，平平滑滑的，就可以按類按國插進郵票本了。多出相同就作為與其他集郵朋友交換的本錢。

二哥說，你呆留好幾天了，火車晚上開，走吧。

小東沒想到，時間過得渾然不覺，更沒想到的是，集郵簿太沉重了，他無法帶走。二哥用自行車送他到火車站，他上了車，車馬上就開出。

彷佛只是坐了一杯咖啡功夫，他就看到列車又徐徐停站。

9591站

這是巴城的一個站，小東很快地來到了似曾相識的籬笆小院，令他感覺上彷如隔世，一陣憂傷爬上心頭。怎麼沒看到父母呢？也許出了遠門吧。

只是竟又看到了二哥，一切都沒有改變，竟然梳着貓王似的飛機頭。靜靜不說話，雙手捧着一個大吉他，坐在無腳基（閩南語：露天小院）彈着。

是早晨，他看到一團揉成紙球的小紙團，躺在泥土上、一株夾竹桃樹下，他打開看，字跡好像是女的，顯然是從左邊的鄰居扔過來的，濕濕的沾上了些昨晚的露水。隔壁住着一對母女，有個女孩叫阿鳳，比哥哥小兩歲，短髮，大眼睛，一臉潑辣好動。

哥，你看，這是不是隔壁阿鳳給你的？

哥停下彈吉他的手，打開那團紙團看，上面寫着：「神經病，亂彈琴，每晚吵到我不能睡！」哥大笑。

她在罵你，你還笑？小東問，為甚麼呀？

哥說，我昨天中午也丟了一團紙過去。

你寫甚麼？

我愛妳。

哥，你好大膽。

她好可愛，心裏喜歡我，卻口是心非！

你怎麼知道？

有次我也是在彈琴，就無意中發現她的眼睛貼在圍牆上的小孔在偷看我。每次在矮籬笆間看到，見我的神情就羞羞的，兩頰紅紅。

哥，你才十八，她也才多少歲？

應該才十五吧，女的發育很快，我看她的這裏，二哥對着小東，雙手在胸前做了一個很誇張的兩座小山般的動作，繼續說，已經凸凸的了，屁股也圓圓的，翹翹的。

那麼早談戀愛，哥，你高中還沒畢業啊。

二哥說，甚麼啦，前幾年你剛剛讀到小學六年級，老爸就說，小表妹以後給你做老婆。

小東笑笑的，知道他說的是他阿姨的大女兒、七歲的小馨。她住在另一個城市，也許真的有緣，總有一天會從另一個島嶼來到他們家。

他在老屋的籬笆小院走走看看，驀然想起，和二哥課餘玩鬥風箏，隔一段時期，也曾在這小院子裏煮玻璃膠。那是將牛皮膠和玻璃碎一起摻水在火上煮，煮成膠狀，然後將放風箏的線浸在裏面拉，在院子裏拉幾個來回，曬乾後變得無限鋒利，與別人鬥風箏時交叉糾纏，鬥個你死我活，看誰的線先被割斷就算輸。

小東心想，風箏的輸贏一定有結果，只是二哥的初戀無疾而終。小東已經有嫂子的時候，阿鳳居然還在澳門苦苦地等待二哥。

從那空曠冷清的老屋出來，小東看看時間不早，趕緊趕到火車站，跳上去。火車很快就開了，行程會比剛才的久一點。他攤開書，繼續將那些雋語金句讀下去。

未經嘗試，不輕易言敗。

有志者事竟成。

愛惜生命，善待生命。

抵達下一個站，是淩晨。站編號是——

7591站

小東遠遠就看到小表妹小馨，牽着外祖母的手從碼頭慢慢向月臺走過來。外祖母背駝得很厲害，好像背負着一大個肉球，她的後腦勺束起一個髮髻。她步伐一步一步地移動着，好慢。聽過誰說，外祖母在故鄉金門做少女時代開始裹腳，影響了她後來落番到南洋後大半生的走路。又從外祖母牽着的手她看到了她——比他小五歲的小馨，兩條小辮垂在雙耳下，額頭高高的，兩頰的酒窩，像兩朵花盛開着。

小表妹笑嘻嘻地抿着嘴望着他。

小東臉熱熱的，眼睛視線低低的。

小表哥，你的臉好紅。

我，我……小東心跳加快，想好好看她，又不敢正面瞧。

他又回到了老家，籬笆小院裏的夾竹桃開滿了花，凹進泥地的小池幾隻金魚在游弋，黑色小狗坐在矮矮的圍牆上一如渾身黑制服的衛士，這些令小東以前感興趣的日常事物，此刻，全失去了興趣。

只因乖巧的小馨，如一道活潑的清流。

只因靜美的小馨，如一道美麗的火光。

小馨從小島來看望她的大姨丈和大姨——小東的母親。外祖母也要留在巴城的家一段時日。

小東來到世界的十二年的日子，沒有出現過像小馨這樣的女孩，像是上天派來的一位小天使，令他覺得異樣。她七歲而已，就似乎比十二歲的自己懂事，聰明伶俐。她和小東稱呼母親「阿母」一樣，也稱呼大姨「阿母」，令母親眉笑顏開，內心大悅，遂收為乾女兒。

小東固執孤僻，常被父母責斥。

小馨善解人意，備受大人疼愛。

小妒意在小東青澀朦朧的愛意中頓生。

枱面上的蘋果剩下兩個，一大一小，他把小的給她，媽媽說他，東啊，你怎麼欺負妹妹，他辯解，她小嘛；一盤炒菜心，他吃光菜根，剩下菜葉，媽媽說。阿東，你怎麼把好吃的都吃光，他大笑說，她喜歡吃菜葉……

老爸常到外埠奔波，在海上飄泊，回家，見到小東和小馨小表兄妹倆，喜歡拍照的他，抓起了德國勞萊菲克相機說，來來，來來，東兒你坐，小馨你站在阿東身邊，靠近一點，老爸給你們拍幾張。喀嚓，喀嚓，喀嚓。

老爸說，小馨是我們的外甥女、乾女兒，以後給你做老婆，那就是三重關係了，第三重就是媳婦，哈哈哈。

阿母說，你現在就要滿十二歲，上初一，她比你小五歲，來我們家做客，小住，你要懂得讓她！

外祖母坐在一側，常常歪着身體，卜卜有聲，笑得見眼不見牙。

小東驚愕得望望小馨的兩圈小酒窩，不相信那裏可以讓他喝酒。

小馨笑眯眯地望着小東，心想，她吃較小蘋果，不要緊；但將來如果是小東老是將較小的蘋果給她，她可不太樂意。

小東對着小馨傻笑，好像聽天方夜譚，覺得那是很遙遠的故事。

小馨和外祖母的臉容慢慢小了，模糊了，遠了，小東一邊往火車站跑，跳上了列車，一邊聽到小馨在後面一邊回頭、一邊問他的聲音，還到我們家釣魚嗎，還到我們家釣魚嗎……

乖巧的小馨，如一道令他心跳的清流。

靜美的小馨，如一道在他一生旅途上永不熄的火光。

她是他的初見，也是他一張最喜愛的卻不敢言說的活動圖畫。

2591站

昨夜一夜的甜夢，好睡。

小東迷迷糊糊地下了車，這是他久違幾十年的一個小埠。他看到了動盪不息的河流。那是出生地的河流。他看到了在江的近處，渾黃河水裏十幾個印尼原住民的孩子光屁股如一隻隻靈活的魚，鑽入水中又浮出水面，喧鬧着、嬉戲着。河面上，運煤船往來不息。對岸，是成排不整齊的像是積木和木架子的阿答屋。遠處有大輪船和停泊在水面上的小飛機。

阿姨家開自行車店，家的後半建築在河上。

阿姨神情溫柔慈祥，姨丈比較嚴肅。上午，乘他沒看見，二哥一看到小東就使眼色，帶着備好釣魚具，雙雙溜到屋後伸出河面的木地板上釣魚。

二哥說把釣魚線和蚯蚓餌拋下河裏，如果釣到大肚魚，我們玩爆炸魚。

小東玩過，那是將大肚魚的肚子往硬硬的水泥地上使勁摩擦，魚肚爆破時會發出如同氣球紮破的驚人聲音。他們以此取樂。想想有點後怕，殘忍。有人警告他們，再虐待，魚有天會報復的。

……二哥魚釣到一半，小東突然肚子有些痛。兩歲的小馨本來在一側好奇地看着他們釣魚，見到小東捂住肚子，跑到裏屋喊媽媽：「媽媽，小東哥哥肚子痛，要大便！」

阿姨走過來，指着廚房一角的廁所道，阿東，你脫了褲子後，左右腳就踏在地上的窟窿兩邊大（便），小心蹲好，不要連人掉進河裏，你才七歲身體那麼小，一掉下去會給鱷魚吃掉。

小東嚇壞了，蹲在窟窿上的時候，小屁股最初不斷地顫抖，顫抖，慢慢定下來後，他看到窟窿下的河面上，一群魚爭先恐後地將頭探出來，嘴兒張得大大的，對準他的屁眼，小東感覺很不爽，雖然有兩米多的距離，但肛門彷彿就被魚兒們觸到、舔到，癢癢的、癢癢的。

一直到他金黃色的小炸彈一截一截成自由落體降落，他才大大地松了一口氣。

低頭看，降落處，那群魚兒爭先恐後，張大嘴承接他的黃澄澄炸彈，他沒想到他的人屎大餐能成為魚們的美食佳餚。

下午，二哥釣到了不少魚，少不免選了兩隻肥的做晚餐。

那兩條魚好肥，不需要解剖清除內臟，阿姨說，用蒸的才原汁原味哩。只是我不知道二哥釣到的是不是大肚魚。

圍在餐桌的這一頓晚餐真是令人難忘。

魚端上來時，傳來臬臬飄散的異香。

二哥、小東、小馨的幾支叉子伸向肥肥白白魚肚，一、二、三，叉開！

一股糞便似的異臭隨着海風彌漫空間

一條黃澄澄的條狀物赫然橫躺在魚肚內。

5491站

列車不知行駛了多久？小東醒來時看到車窗外的小站牌子上寫着5491站。

奇怪，他不用下車了，感覺到渾身鬆軟無力，暖暖地被一個婦人抱在懷裏，他聽到了自己尖淒的哭聲，那婦人有點不耐煩，迅速打開上衣，將胸部一邊的乳頭塞進他的小嘴。那是自己的母親吧！他又感覺到顛簸搖動得厲害。母親在倉皇地跑着、跑着，背部好像還背着二姐，右手牽了二哥。身邊還有一個三十幾歲的男人，牽着大哥大姐，那是父親了！父親以比母親更快的速度往前往上跑。左右前後都是密密麻麻的逃難人群。媽背上的二姐哭聲震天，他吐出乳頭，也以雷怒般的嚎啕呼應。跑着的父親大怒，罵道，你們再哭，再哭！日本鬼發現會追上來殺死你們！接着，小東又感覺人如在海上了，看到小船的前後有兩個赤膊的、下部只有幾片葉子遮住的人在划船。這應該就是別人傳説中的達雅族吧。前面那個耳垂長到下巴，鼻子兩孔穿着一個好大的銀環。身體黑如炭墨，黑油油的。過了很久，船才到岸。上到陸地，涼涼的，不見陽光，原來是到了深山老林。媽媽繼續沒命地狂奔。爸爸以比母親更快的速度繼續往前往上跑。左右前後依然都是密密麻麻的逃難人群。上有飛機低飛追擊，下有日本兵的呼喝和槍聲。小東又聽到爸爸在罵，地上是日本人在追，到處殺！到處搶！殺你殼！幹你娘！天上有聯軍放炸彈，到處追！到處炸！不分日本鬼小市民都一起炸！媽媽也憤怒地罵道，夭壽的，日本兵只要女的都要，害得我們一個月臉上塗黑炭不成樣子……風呼呼在吹，飛機嗡嗡嗡在飛，逃難的人都啼哭呼喊、炸彈飛降時的淒厲呼嘯，交織成可怕的交響。小東的哭聲爆發時更猶如炸彈炸開，炸得爸媽心頭流血，又煩又氣又痛。小東昏昏睡過去，再醒來，已經在達雅族的高腳長屋裏了。他聽到父母對話，才知道他們已經逃難到童年河的上游，婆羅洲的原始森林裏。不知過了幾天？他在睡夢中，彷佛聽到有人在笑他，小東哥你也放過金黃的小炸彈，都給魚吃了！……這個老小的一歲而已，哭聲這麼洪亮，我們就叫他小名小炸彈吧，哈哈，好像是爸爸的聲音。最緊張的那幾天，大炸彈聲日以繼夜在天上響，小炸彈聲夜以繼日在長屋裏響。父親急了，罵道，你再哭，再哭！飛機一發現傳出聲音，馬上炸！吊吧！阿母！接着，小東看到媽媽（阿母）將一條好長的紗籠的一端扔過屋子的一個矮樑，打了一個結，將小東利索地放進紗籠裏，搖來搖去，小東依然哭個不停，心煩的爸爸不耐煩，一把長刀揮舞，颼颼兩聲，紗籠斬成兩截，小東跌了下去——

6102站

他劇痛難忍，原來在下車時跌了一跤。幸虧有人扶他，一看是小馨。

他回到原先出發點6102站。

小馨笑着望望他，兩頰的酒窩依然深得如童年時候。小東牽住她的手。

小馨摸摸小東的心，問，在7591站見到我，心跳得快吧？

小東説，那當然。小馨繼續問，現在呢？小東將小馨的手貼到自己的心口，説，你聽，鼓啪、鼓啪、鼓啪的。

小馨笑。

小東問她：我搭列車走了多久？

小馨說，好像有六十幾年啊。

小東張大嘴，啊？

小馨說，回程其實還只是實驗階段，還沒開通，車站售票員賣錯車票給你啊。

小東低着頭，依然沉浸在回程的時光無法抽離，淡淡的憂傷爬上心頭……

小東與小馨月臺上看到一輪火紅的晨陽，像一粒超大的蛋黃，越來越大，越來越大，正從東邊的山巒間徐徐爬起……

朝夕，散落一地的碎晶

輕輕放鬆身子，我鑽入了被單。

初春的深夜，乍暖還寒，我長長地一聲歎息，這一天真累，但真好，應該沒有白費吧。牆上的時鐘，長短針疊合在十一點。窗外對岸是港島海岸，那高樓大廈的燈光，夜愈深愈顯得燦爛，我哪裏能睡？一天的映象，如潺潺流水，緩緩流過眼簾、耳際；也似漫天的星光，散落成一地的碎晶，一點一滴在閃爍，發放光芒。

今早六點多就起身了，長篇《風雨甲政第》進度真理想，以前說是奮筆疾書，現在該說是「敲鍵如飛」了，從六點多到九點多，洋洋灑灑就敲了幾乎三千字，和昨天的三百來字比較，真不能同日而語。我將金門祖屋甲政第在一九一一年落成之日花了最大篇幅去寫，那一「戰役」終於滿意地跨過去了。今天的《午夜夢回》寫祖父預感來日苦短，夜裏由兩位夫人（我的兩位祖母）和女兒（我姑姑）陪着，拄着拐杖在屋內各處巡視了一遍，書寫時我加強了那淒清而傷感的氣氛，我不敢說萬分滿意，但感覺上逝去的歲月裏一定真有這一幕！時光雖然無法倒流，但我可以在紙上，化為幽靈似的跟在他們身後當真地見證了這一切。從寫下第一個字起，兩個月快過去了。再過二十幾天應該可以殺青了，下面只剩下五章。努力加油吧！心中暗念着：芬，獲得安慰獎的話，我們也到金門領獎去吧！順便度假嘛！

視線從電腦右下角的時間，上移到書架上的鬧鐘，快接近八點了，我迅速起身，走向廚房。屋內走廊依然幽暗一片，我亮了燈。瑞芬前晚陪送到我們家睡一夜的小孫女睡覺，由於太專注於照顧，自己反而整夜睡不熟，此刻勞累，睡得正酣，就讓她多睡吧！早餐較簡單，通常都是我代勞。多年來，我摒棄了咖啡機的冰冷，一切回到了原始和手工，粗咖啡粉務必要煮，讓裊裊咖啡香氣彌漫滿屋，咖啡烏黑得誘人，加奶時咖啡面上形成的褐色波紋美如精心製作的藝術品。啊！都是製作，寫長篇是製作，炮製一杯美味咖啡也是製作，不同的是前者是心靈產品，後者是手藝，一樣的是熟能生巧，都需要精緻。一切就緒，我喚瑞芬起來，拉開了餐台一側的椅子，讓她不需要為屁股的方便而再調整椅子的位置。

我得現在走，今天小腿傷口要換藥，我對瑞芬說。來不及多說話，我就出了門。九時半附近的郵局就開門了，我得上公司處理事情，就幾件事一道辦了吧！我把昨天包紮好的、答允要寄給朋友的幾本書放進背袋，還裝進了瑞芬昨晚開好的學校訂書發票、昨天收到的準備入銀行戶口的書款支票。

街坊診所在附近老街的觀音廟附近。先去敷藥吧！

記得那是下雨天，我在黃埔花園的著名地標黃埔號（一艘模擬的陸上大郵輪）甲板上快速地走着，一個不慎就跌個四腳朝天，跌了一跤還沒接受教訓，又接連再跌一跤，幸虧只是傷及肌膚，但那是小腿很難好的部位。最初我自己敷藥，以為小疾而已何足掛齒？哪裏想到螻蟻之穴，居然釀成巨災！一個多月了沒痊癒。現在，幸虧已經有九成起色了。快好了！我繳了六十元的掛號費，領了籌，輪到我進診療室。一位年輕女護士，仔細觀察我的傷口，說已經結疤了，她用消毒藥水洗了多次，再用紗布蓋住，然後叫我到外面等一會，十分鐘後，她又喚我進去，確定發紅的表皮是皮膚過敏而不是有甚麼膿腫，就放心地慢慢把那些結疤的部分挑開清除了。明天可以不來了，她說。回想我讓這個護士麻煩了二十多天，她每次都不厭其煩為我清洗傷口，我在出遊前夕要求她開藥，她說她的許可權沒醫生大，按規定不可為我開出消毒水名稱，但允許我將樣本攝下。她的態度那麼細心和耐心，我帶了備好的我寫的兩本兒童書送給她，表示我對她服務良佳的謝意，希望她有適齡的子女會喜歡我的精神禮物。護士非常驚喜，說做了那麼久，沒見過像我一樣的病人做這樣感恩的事。是的，我們很多人已經習慣了被服務，習慣了稍一不滿意就投訴人家的服務品質惡劣，哪裏會想到護士也需要鼓勵和讚美？

我走出診所，走到郵局去。我給一位博友寄第二批書。她知道我不喜太聲張，沒在大群組高調談這件事，只在博客寫了篇文章談感想，最叫我驚喜的是還那麼守信用，只在三人組裏發表閱讀感言。她的評論方式很特別，也看出她是一位多麼細心、勤勞、謙虛的女子。她喜歡在我的書的有關篇頁上直接寫上眉批、劃線，字裏行間有時寫得密密麻麻，我需要點開來放到最大看，文字誠懇而充滿感性，她還將它拍攝下來，往往接連發了七八個畫面過來。這樣認真的朋友真是沒見過，也大大鼓勵了我的寫作信心。多時被稱為老師，討厭被稱「大師」的我，有些人以為我信心爆棚，大概沒有人相信我有時也自卑，信心不足，也需要一點點鼓勵？這位博友我們已經視為親人，給了我需要的溫暖。我常常說，哪怕剩下一個讀者，我都會繼續堅持寫下去，她就是這樣的朋友和讀者。認識了她，令我再次堅定了堅持文學創作的理由。我把書寄出後，將掛號單據拍攝，然後發給她，以備她查詢。

接着我快步走到碼頭，搭上3B大巴士到土瓜灣的寫字樓。

下車，我先到銀行，進了書款支票後，我走到公司所在地工業大廈。

掏出訂單發票，一家中學要訂我們的《假如我是……》一百二十八本，要求分成ABCDE五個班級，要的數量各班不同，我就按他們要求的包裝好，然後裝箱，封好。連樣書三本也擺在裏面了。發票夾着五十元港幣運費。一會印好的劉以鬯先生的長篇《香港居》十幾包準時運到，我把那箱學校要的書、發票和運費擺放在木門外、鐵閘內的地板空間，運輸的老林有鐵閘鎖匙，可以隨時來取送走，不需要我特地跑來開門侍候。

迷迷糊糊地，白天的映象一幕幕掠過，以為睡意會像蔓延上來的海水那樣，將我席捲到黑甜之鄉，沒料到思維活躍，聯想的飛鳥銜着菲林盤，又轉開了白天上映的生活電影的一個場景又一個場景。

從模糊朦朧的形影慢慢定格在眼前的兩張臉孔，是香港文學「教父」劉以鬯先生那張童稚般的臉和他的夫人羅佩雲優雅的面容。幾年前，劉老連拐杖也不要，得意的時候還會在酒樓的通道上來回走十幾步給你看，只是到了這兩年他才很不情願地坐上了輪椅，由一位菲律賓家庭女助理推着。每次他的新書出版，他們夫婦都會邀請我和瑞芬茶聚。劉先生每一年的生日都會有認識或不認識的粉絲買蛋糕為他們慶祝。一位名氣如日中天的文學大師，將每一部小說的創作都視為一種挑戰，每一部長篇都是藝術品，每一部作品都力求創新，不但與眾不同，也不願意重複自己，那樣的香港第一名家，著作的出版權沒有交給財大氣粗的大機構，而是願意交給我們這樣微不足道的小出版社，那是有他們的理由的，值得深思。我們已經出版了他十五六種經典了！劉先生九十八歲的高齡，創作年齡超過了七十年，與夫人羅佩雲牽手同行人生路，婚姻也早就跨越了金婚紅地氈。那真是了不起的一對夫妻。我們會慢慢喝茶吃點心聊天，望着劉太如何細心地照料劉以鬯，給他夾點心，劉太堪稱劉先生肚腹裏的一條醒目的蟲，知曉他吃東西的喜惡。我們每兩個月至少總有那麼一次茶聚的機會，多數是在太古城的龍騰閣，每一次都在四時許結束。

結束時我們很趕時間，先搭地鐵到北角，然後從北角碼頭搭渡輪過海，約十分鐘就抵達紅磡碼頭。那等於到家了，我們的家與紅磡碼頭只有咫尺之遠。瑞芬直接到兒子家，協助工人為小孫女洗澡，然後哄她入睡。我就回家休息一會。沒有應酬的日子，如果時間還早，我也幾乎每天都會隨着瑞芬到兒子家陪小孫女玩一會，或者我們做爺爺嫲嫲的帶她到公園散步、玩滑滑板。小孫女勇敢活潑，跌倒從來不哭，那樣陡的滑滑板，他敢於爬上去，不需要大人抱或陪。沒見到小孫女的日子我們會掛念，工人在做事時，小孫女太寂寞，尤其不忍見她站在圍圈裏，熱切地望着大人們的來到。瑞芬可以化身為兩三歲小女孩與她一起瘋玩，這早就養成了每日功課或自覺的固定動作。想不到有時鐵石心腸的我，心一角的最柔軟處，這兩年就住着了一個來到世間才一歲多的小孫女。您說這世界誰最有威力和魅力？我看就是與小孫女之之年齡相仿的無數幼嬰們吧！印度詩人泰戈爾早就說過，嬰孩是世界上最富有的富翁，擁有最多的愛。近兩年來，陸陸續續為之之寫了十二篇文章，我列印成冊，編成《爺爺嫲嫲送給之之的禮物——之之兩周歲》準備在三月三日那天她生日送給她。

瑞芬一直到哄她入睡才回家，小之之身體有小恙時幾乎大半天陪着她。……

黑暗中起身如廁，雖然睡意朦朧，但也睡意驟醒。洗手間牆上掛着的海星鐘短針指着十二點多一點，長針指着六字。我嚇了一跳，躺下了那麼久，好像夢遊了很多地方，時間也彷彿一個月、一年過去了，沒想到才一個多小時而已。所謂山中才一日，人間已千年；我們的靈思妙想可以在一刹那間跨越漫長的時空，然而維港對岸的燈光依然燦爛，夜深沉，海波紋絲不揚，告示時間才推移了一點點。

躺在牀上，目光朝着牆上看，那裏有兩個人在高處看着我，那是一張結婚照。一個是七十年代初期的我，一個是剛剛躺在我身邊，但已經幾十年了同睡一牀的「枕邊人」。照片當年是用很先進的技術製作的，當時色彩還很鮮豔，經歷了幾十年的歲月，顏色已經褪得很淡了。現實生活裏，這一對兒，如今還在，如何了呢？感情是否也褪了色，生了鏽呢？

那些彼此喜歡戲謔的話語，又一幕幕湧上心頭。

她說：「我不在了，告別儀式的大堂上，擺的照片就用這一張。」她指着在丹麥拍攝的那張她與花卉「相映紅」、笑容可掬的照片。

她又說：「大堂的燈，一定要亮，我喜歡亮！」

輪到我也留話了：「我在世時，不寫自傳，人不在的以後，更不要托誰寫傳記，我不是甚麼偉人，沒甚麼好寫的！也不要孩子寫。太難為他們了。出書就在我在世時出，我不在了，不要再出了！」……我們會在說完對視大笑。

每天工作得累，瑞芬雖然廚藝不錯，但只能偶爾進廚房，如果沒有和子女全家約定聚餐，我們倆多數會在附近的餐廳或速食店解決晚餐。火鍋是小型的，比較清淡，人家是一人一份，我們吃不下，只是兩人共一份。如果是晚餐，也是一份，要是兩份那是太多了，一個人肯定吃不完，但我倆都喜歡喝湯，會多買一碗湯，每人一碗。

在這一家快餐廳，她成了受歡迎的人物。領班偶然會打面照走過，會驚歎地叫起來：「啊，蔡小姐，您二十年來都是那個樣子，沒有改變啊！」

吃飽飯我們回家坐在客廳，隨便天南地北地談心。當然，如果髒衣服太多了，就分工做事了。我噴衣污，瑞芬開機；曬着的，她收，一起疊；洗好的，她裝籃，我晾衣。如果明天上午有客人到家，她收拾飯枱沙發，我「大略」地拖拖地。如果沒事，我們就在客廳坐一會，這是一天兩人交流的唯一輕鬆時間，如果正好在播新聞，那就順便看一看。你一言我一語，對時局、事件發表個人的見解，不求理性，但淋漓痛快，有時會口沫橫飛，站起來對電視畫面揮揮拳，呵呵。

神思飛回，有時不知怎的，會想起了她幾十年前兩次做母親時的辛苦。

這兩年，小孫女那麼黏她，每天她都會抽空協助照顧小孫女。多年前，她看望病中的母親（我的岳母兼阿姨），一年內就四度飛往印尼泗水。人嫲人母人夫人女都不容易啊……

高牆上結婚照的色彩越來越淡，終於被歲月漂白成一張白紙。但非常神奇的是，我仿佛看到一隻歲月的魔手，很快在上面塗抹新的色彩，我定睛一看，似曾相識，原來化成了去年在峇厘伯都古湖我與她拍攝的牽手照，白底塗抹成紅花綠草藍天白雲湖水藍。

我的眼睛發澀，睡意漸漸濃了起來。窗外的燦爛燈火徐徐暗淡了下去，四周的黑暗吞沒了我的夢，我像在咖啡大海中游泳，自己也成了咖啡粉的一個微粒。

我要睡了，我應該已經睡了。

夢被辟成兩半，一半留給了明天。我仿佛聽見自己迷迷糊糊的夢囈。

明天，又是新的一天。

明天，依然是陽光燦爛的晴天。

黑白照‧彩色照

——陪父親回家

父親不再回眸，走上一條不歸路。

父親這一去，就是一生一世。他單槍匹馬，赤手空拳，獨闖天涯；他跨山越海，走得那麼遠，那麼累，最後像一顆大樹倒下。

我們兄弟姐妹要陪父親回家。

現在開始陪父親回家了。

一上飛機，按號碼找到座位後，我將鼓鼓的、沉沉的公事包放在頭頂上的行李架。我擔心放得太遠，不便照顧，因此移動了幾次，現在與我的頭顱形成最短的垂直線。當飛機旅客不斷進來坐定、放好行李後，我不放心，又起身一次看看公事包是否安好才坐下。

在印尼雅加達這幾天忙累緊張，雖然很困，眼皮老要耷拉下來，但這一次從已經沒有人住的老宅鎖櫃裏意外搜索到的一迭黑白老照片，有十二張，彌足珍貴，將我快要遺忘的塵封往事喚醒。我從背包裏取出，無序地一張張翻看，歲月的流水一浪一浪地衝擊着我。

第一張：畫面上是快樂世界裏的一家簡陋冰室。我望着望着，眼睛起霧。那是五十年代末，我們一家已經從婆羅洲三馬林達市搬到印尼首都雅加達，我讀着小學六年級或初中一的光景。父親一向沉默寡言，牽着我的手來到這甚麼都有的娛樂場，大概那是唯一的一次。記得那晚飄着斜風雨絲，父親就帶我進了這家冰室喝冰水吃西瓜，我們對坐着，沉默不語。父親為一家柴米油鹽謀生，在外做事不容易，但甚麼都沒有說。唉！如果時光可以倒流，我多麼希望再和父親對坐一次，聽聽他傾瀉滿腹的無盡心事，為他分憂。

第二張：籃球員合影。父親穿着深色背心，胸前印着「閩江」兩個大字，站在最中央，手捧籃球，左右各有三個隊員。落番後披荊斬棘的父親在生意路上屢戰屢敗，並沒有灰心喪氣，業餘和一幫愛好打籃球的同鄉好友組織籃球隊，有空就練習，到處比賽。有一次，他站在半場的中線一側，老遠瞄準，竟然將籃球射入，技驚全場，觀眾拍爛手掌。這一張拍攝時間應該更早了，應是在我讀小學時期。

第三張：全家福。兄弟姐妹基本到齊，只是少了已經回國的大哥。父親母親坐在中央，我小不點的，站在一側。母親那時候穿舊時旗袍，父親還在中年，短髮，已經有點花白。小時候的我太內向了。

第四張：一艘不大的輪船。父親依靠在船的欄杆，半側面，頭髮被海風吹得飛揚。我不知道父親做船員的具體細節，但我想像過，在我一篇兒童小說《父親的水手帽》裏構築他的故事。他出洋後的艱難歷程很少向小時候的我們提及，該是拍攝于他做海員的最艱難的飄泊歲月。

第五張：「美上美」大郵輪。它停泊在雅加達丹絨不綠烏碼頭。畫面上輪船似乎很遠，當時一定是送別我們的父親用德國的勞斯萊斯（很奇怪他會有當時的名牌，他對攝影的愛好一定遺傳給了子孫吧）拍攝的，船舷上的我和二哥二姐在可怕的回國人潮中成了小不點，必須用放大鏡看才看得清楚。我依稀記得當時看到母親就站在父親旁邊不斷用手巾抹淚。繼在五十年代送大哥大姐回國後，這一次又送走我們三個，母親身邊已經沒有任何子女了。

第六張：小表妹和我的合照。啊！我已經擁有的那張可能是原件，而這才是副本吧？那年小表妹從婆羅洲和外祖母來印尼首都雅加達探望我們，小住我們家。她才讀小學一二年級，我快小學畢業，父親喜歡小惡作劇，叫我們合照。我坐在花槽邊，她站在我左側。那個時候我們還是小孩，感情青澀，不知情為何物？父親在我二十三歲那年竟然把這我已經忘記的照片寄來，在背面題上一首打油詩，鼓勵我把她追到手；「遠離慈親阿母依，三重關聯心肉兒，幼年妹妹每相欺，一載相思苦成辭。」父親的文字基礎真好啊。

空姐來送下午餐，身邊的妻瑞芬看我手忙腳亂，幫我把餐板打開。飛機餐就送上來了。千遍一律的飛機餐沒有老照片咀嚼有味。我匆匆扒完飯，繼續翻看下去。

第七張：堂哥、堂姐和我、二姐、二哥的合照。忘記那是甚麼時候拍的了。大概和前一張差不多同一個時期吧。堂哥堂姐如今都不在了，那時我伯父早逝，伯母是印尼原住民，因為家境貧窮，兩個兒子先後病死，父親情深義重地將堂哥堂妹收養，視如己出，於是小時候我們在同一個屋簷下一起長大。父親還接濟我們稱姑表姐妹的、母親早逝的居住在金門的兩位外甥女讀書至大學畢業。

第八張：廈門地球儀前。父親坐在地下的石欄上。照片已經發黃了。這應該是父親在日侵廈門、我出世前拍攝的。父親告訴我，他曾經在集美中學讀書。那麼我在六十年代回國後也在集美讀高中，父親豈不是我的忘年學兄嗎？真是天意！

第九張：父親站在一家貿易公司前。估計年紀四十七八，拍攝於五十年代末。記得父親在那家公司做過文職，我看過他用一架臺面打字機打印尼文文件。

第十張：父親與我、二姐在蘇門答臘一個叫淡味拉汗的小鎮小港口拍照留影，我大約十三歲。父親在這裏採購椰乾，運到其他城市。父親在島際來去，有時長達三個月半年的，與母親聚少離多，我們乘暑假來探望他。

第十一張：我在中爪哇直葛小城旅館門口坐着留影。那年，父親和母親帶我在中爪哇幾個城市旅行。記憶已經模糊，只有小城清晨的滴答、滴答馬蹄聲破空而來，在我耳畔永遠響着。

第十二張：納納斯墓園。飄泊的、勞累的父親終於倒下了！安息在炎熱的納納斯墓園。這墓園我們每次來雅加達，一定來祭拜。父親長眠在這裏。地點很遠，也偏僻，從大馬路轉進一個小沙土路，又拐了好幾個彎。連多次來的原住民司機有時找了很久才找到。照片是父親墓碑立起來後，母親托人拍攝留下來的。一九七四年，母親移居香港投靠子女們。妻一家還在彼地，每次到雅加達我們都來掃墓，回港跟母親彙報，我們去拜墓了。母親欣慰地點點頭。有一年，維兒還小，夏季的墓園如火爐，太陽酷熱猶如在頭頂燃燒，回港，我寫了一篇短文《永恆的寂寞》。

我一張一張地翻，十二張老照片我看玩了。眼睛發澀，困。我想睡，睡不下。老伴跟空姐要了一杯橙汁，我順便也要了一杯咖啡。咖啡喝下去，精神頓時振奮，我又從西裝上衣，掏出手機，看看最近拍攝的照片，當然，這年代拍攝的都是彩色的了。

第十三張：病中的母親。這是唯一的一張，我們到醫院探望母親時，她的精神還好，隨後，她的精神、身體每況愈下，我們不再拍了。母親臨終前共約有二十幾個兒女、孫子圍繞在她病牀周圍。每一個人都給了母親最後的擁抱。比較父親，離世時居然無任何子女在一側，那是太寂寞和冷清了。父親辛苦了大半輩子，突然逝世，母親堅強地處理了他的後事，還處理了他生前還沒處理完的生意上的事。當時由於兒女辦手續不便，沒辦法回南洋奔喪，母親由親戚幫忙，將父親安葬在南洋，一個人投奔安家在香港的兒女去了。較早時母親常說，父親的墓，年代久遠，墓碑上的刻字紅漆已剝落不能辨認，要修一修了。病重後，她交代要雇人將父親的棺材挖起，遺骨運到火葬場，焚化成灰。然後將骨灰運回香港，和她的靈位及骨灰放在一起。這一次我們乘着母親離世百日後的一次集體祭拜，商量決定將父親的骨灰取回來，讓父親回家。父親和母親生前長期不在一起，就讓他們在另一個世界團圓吧。

第十四張：納納斯墓園，挖棺儀式舉行前我們七八個兄弟姐妹的合照。大部分來自香港，堂兄從大陸趕來。記得挖棺那一天，午夜四時許，他們就來到了墓地。協助挖土的四個工人也很早就來到。按照中國人的習慣，遺骨不能見光，故要趕在太陽升上來前完成挖棺程式。沒想到一切都很順利。連火化時間算在一起，未到上午九時，已完成了所有必要的禮儀和程式。

第十五張：我們兄弟姐妹在雅加達酒店的合影。那天從墓地回來，我們很是猶疑，骨灰，酒店雖然沒有明文規定不准帶入，但他們很忌諱。我將骨灰罐裝在公事包裏，進酒店的時候，照樣將它放在檢查枱，警衛提了提，好沉，但也不問是甚麼，一樣放行。在酒店房間，朋友說，今晚它將與你過夜喔，問我怕不怕，奇怪，怕甚麼呢？正如中國人每家每戶都要祭拜祖宗一樣，骨灰與遺像沒有甚麼不同呀。我又問朋友，那麼，上飛機時，好不好裝進皮箱拿去托運呢？朋友說，不迷信的話，其實也沒甚麼，只是，將「父親」（準確地說，是「父親的骨灰」）裝在皮箱裏，主要是擔心不擔心父親受委屈而已。如果沒有這種擔心也就不要緊。但他反復想了很多，萬一裝在準備托運的大皮箱裏，托運被發現，又要開箱取出來，豈不是很麻煩嗎。最後，我們決定將骨灰隨身帶。無論如何，這才是上上策。「骨灰要親自捧在胸懷裏。」——這是中國千餘年來孝子賢孫的傳統名言。

第十六張：雅加達機場候機室，我和小時候是小表妹、現在是我的妻合影。我捧作一個鼓鼓的公事包。公事包內有不小的裝骨灰的瓷罐。捧着那一罐骨灰，猶如與闊別三十餘年的父親擁抱，我一點都不怕。在海關，骨灰與裝着它、保護它的公事包一起過黑箱檢查時，我早就做好思想準備會被截住，因此，還沒等出入境處的海關人員喊我，我早就先將公事包提起，走到海關跟前的長枱上，從公事包內取出衛生署開具的准許證遞過去。那人看也不看骨灰罐一眼，只是將文件細讀了很久很久。終於放行。怕甚麼怕！

第十七張：我和妻坐機艙座位，兩人中間就是那個公事包。這是兩個多小時前拍的，剛才，我們還為公事包放的位置大費思量。想把公事包放在腳下，因我乘飛機時通常都會把一兩本書放在公事包內，方便旅遊途中取來看。一想到如今陪着父親，讓他委屈在地上那是太大的不敬了，於是，我還是決定將骨灰高舉過頭，推進上面的行李艙。伸頭看一看左右沒有甚麼可能會壓壞它的重磅行李，我才放心。

第十八張是一張黑白照：父親和母親的合影。因為彌足珍貴，我翻拍收藏在相機裏。

飛機快要着陸了。

父親一飄泊就是一生，走的是不歸路，多麼期待回家的一天。我想像着幾天以後，我們兄弟姐妹來到父母的靈位獻花祭拜，在焚燒的香煙的繚繞中，我們打開一個小窟窿，看到了長期別離的父親和母親的兩罐骨灰並列而擺，感到一陣陣欣慰，一個個流下了溫熱的淚水。

我們要陪父親回家。

父親真正回到家了。

臉

子喬隔三兩天午夜醒來，總是幾乎被睡在身旁的一張陌生的臉嚇得心驚膽裂。婚後不到一年，他沒想到會出現這種狀況。他的那種興趣漸漸衰退，那張臉幾次趨近他的臉，連着的那軀肉體也慢慢像一張厚厚的肉網覆蓋上來，最初他還屏住呼吸，像一具木乃伊任由她擺佈，他還沒交貨也就洩氣了。對方不屑地以嘲笑的表情搖搖頭，歎了一口長氣再度躺了下去。

子喬是個內向怕羞的男子，不甘於被她如此嘲笑奚落，曾經偷偷一個人去看醫生。所有需要的程式、生理樣本子喬都配合醫生、按醫生的要求準備好了。診所樣本檢驗結果，他的身體器官功能一切正常。

為他看病的是一位女醫生，勸他不需要緊張，甚麼都不要隱瞞，甚麼都應該如實說。好的，子喬點點頭。

性生活正常嗎？女醫生也算漂亮，大約三十到四十歲之間，問話時眼睛望着子喬；子喬有點無措，反而覺得臉上有點兒熱。

本來滿正常的，子喬說。

一星期幾次？醫生問。

兩次。

你們結婚多久了？

快一年了。子喬答。

一直保持這個記錄嗎？醫生繼續問。

沒有，到了結婚的下半年，變得一個月最多一到兩次。

醫生繼續問，最近兩個月呢？

子喬搖搖頭道，幾乎沒有了。

醫生說，還說正常？完全不正常！

子喬沉默不作聲。

女醫生又問，通常誰主動？太太還是你？

子喬說，幾乎都是她。最初我還配合，後來我的興趣越來越淡，而且還帶有一種抗拒。

醫生睜大了眼睛，帶點驚訝地說，你這是性冷感啊！我們查過您的血液、精液，你也做了好幾種必要的檢查，證明你的有關性的生理一切正常。你一定有甚麼心理障礙吧！你好好想想。是甚麼影響了你？

到了這時候，子喬不能不說了，聲音有點高八度。

我不喜歡她那張臉！我不喜歡她那張幾天就變一次的可怕的臉！

他霍然站起來，一個握緊的拳頭用力擊向桌面上，搞到醫生的茶杯震動地跳了幾下。然後，拍！一聲，十幾張照片一字排開，攤開在臺面上。

醫生拿起來逐張仔細看，照片上的十幾個女子，顯然是在不同的場合被人偷拍的。有的正在開車門，從車上走下來；有的站在路邊的攤子邊買東西；有的坐在美容院的椅子上等候；有的從洗澡間走出來；最多的是睡覺姿態，角度是俯拍。

那是一張又一張不同的濃妝豔抹的臉，不同的背景不同的場合。當醫生以不解的表情向子喬尋求答案時，子喬搖搖頭，憤怒地說，她熱衷於整容變臉，而且有時快到不到一星期就整一次，你看這十幾張照片裏的不同女子，有誰相信她們都是同一個女子？有誰看得出都是同一個人？她的臉經常整，幾乎到了樂此不疲、上了癮的地步，也差不多壞掉了。

醫生張大了嘴，一張張翻動，最後放下來，哀歎一聲：天！

照片中的女子，相貌不同，但相同的是，都很假，都不自然、都恐怖噁心，有的如青面獠牙的妖精，有的如突眼裂嘴的鬼魅，有的像戴了一張西洋女子的假面具，有的白得沒有血色，如雪藏室剛剛蘇醒的殭屍……那些正在睡覺的、仰躺着的，醫生明白一定是子喬午夜睡不着、偷偷拍下來的。有的卸了妝，有的沒有；卸了妝的臉居然也張張不同，或千瘡百孔、支離破碎、或贅肉處處、溝渠縱橫；或塗脂抹粉、紅綠摻雜、恐怖駭人……估計整容次數太頻繁，原裝的臉不堪被鼓搗，快要毀掉了。

醫生突然甚麼都明白了，但只是搖搖頭，沒再說甚麼。

醫生只說，你半年後再來吧。

結婚第三個月，子喬開的小小珠寶鑽石店，鑒定室的兩個師傅已經被陳子喬的太太——容美麗氣走了。她替而代之，正式坐上首席鑒定師傅的位置。子喬很無奈，老婆得到鑽石鑒定所名師的指導，取得正式鑒定師畢業證書，她說她可以獨當一面，充當鑒定師，何必再花費一筆費用請鑒定師傅，說得有道理，就炒掉了原先的師傅。在她的主持下，不但來鑒定鑽石珠寶的高官貴婦猛增，店鋪入貨更萬無一失、出售得也快……在她的母親的慫恿下，子喬也終於湊了錢買了部汽車給她。本來她也想學學開車的，老母說，妳傻甚麼呀？車不必自己開，讓老公給你開不就行了嗎。

每天早晨八時，容美麗不願意坐在前面的副駕駛位置，子喬也奈何不了她，心想，她要怎麼樣都隨她吧。而容美麗坐在後座，都會陷入甜蜜的回想，一種幸福感會如蜜糖水淹浸全身，深深感激母親的出謀劃策，令自己的夢想逐步接近現實。

閉上眼睛，往事不如煙，一幕幕在腦海裏展現。與老公在花前月下，他的跪地求婚。婚禮。與母親觀看變臉表演。鑒定所的畢業典禮。整容……那時，她對老公說，你愛我就要愛我所愛。老公問，妳愛甚麼呀？她說，整容呀！老公說，女為悅者容，適當整容是可以理解的。哪裏想到她的愛好不是一般愛好？那一次看某省的變臉劇精彩表演，全場熱烈的喝彩和掌聲，對她很有啟發。我這樣的中姿，男女都不會喜歡；我應該學學變臉，最好三日一變，那才有新鮮感。是的，整容就可以變臉。整容需要的費用不菲，結了婚除了長期固定、保證的飯票外，還應該具備興趣票啊。有人愛買衣服，有人愛搓麻將，有人喜歡出遊，有人……啊啊，伸手就是了。丈夫陳子喬開的店雖不大，成本卻不小。果然，要甚麼他不都答應嗎？連丈母娘要搬來和他們一起住，他都沒二話地答應了。她在回顧自己的變臉史時有時會自個兒發出會心的微笑。她在第五第六個月開始去整容，整容師給她看的樣板真是張張不同的明星臉，令她應接不暇，張張都令她喜歡。只可惜，整容醫學總是棋差一着，畫虎不成反類犬！不過，那也沒關係。每當躺在手術牀上，整容師對她那張三五日一變的臉鼓搗時，她總是對自己的新臉充滿了激動的期待，哪管它刀叉動得太多，臉已經如被戳爛的一塌糊塗的蜂窩，她依然興趣不減，猶如吸了毒品的人，上了深癮欲罷不能。醫生說，你不能和自己開玩笑了。她說，你收錢就是了，大不了我以後帶一張假面具也好。你可能不知道，我追求新鮮，我不喜歡自己的舊臉，我看了三天就厭了。還有母親也算富有遠見，她建議自己去學鑽石珠寶的鑒定術。最初，她說，我何必那麼傻？老母說，開車有現成的司機，這和駕車不同。妳呀，學會了鑒定，等於也學會了估價的知識，也等於協助了你老公的事業，說不好聽，妳可以操控了整個店鋪，令他乖乖聽妳的，這是長遠大計；說得好聽，就是事業上的共同承擔，就是生活的幸福。記得老母跟她說這些話的時候，還對她使使眼睛。她馬上心領神會了。一張好看的臉，固然是女性得以在男人世界生存而且得到評價、決定身份高低、獲得歡心的晴雨錶，一套貴重、價格不菲的首飾，那不也是另類意義的戴在身上的多張臉嗎？越多越貴重越好啊！於是，與子喬熱戀的那些日子裏，她去苦學鑒定術，終於取得了畢業證書。果然，她順利地坐上了店鋪的首席也是唯一的鑒定師的位置，丈夫還將總經理的職務雙手奉上，意味着公司的大權已經到手，子喬只保留了董事長的名銜。

想到了此，車子也差不多到了店鋪。

子喬從倒後鏡看老婆容美麗那張新的女妖精臉，半睡的當兒，路途長，在冷氣吹拂下，她臉部抹上的粉或膏竟然有點乾裂，出現了一些裂痕，猶如吸血殭屍在變臉，一時間渾身從脊樑骨升起了一股大寒意，禁不住顫抖起來。想到了近幾個月他對和妻子做那種事日趨嚴重的冷感，心裏好感憂傷。這形存實亡的夫妻關係該如何了斷和是否有轉機的希望？

日子如水流逝。

這一個月子喬出外公幹幾天，回公司後容美麗告訴他玻璃櫃的一顆小鑽石不見了，她對三個女職員的手提袋進行了搜查，在小林的皮包內發現贓物，她當場被容美麗炒了魷魚。那個小林很委屈的樣子，哭着走了。

沒想到在那半個月的時間內，玻璃櫃的價值最昂貴的五六顆鑽石，都不翼而飛。容美麗向丈夫彙報後，都向公司其餘四個女職員的身上和手提袋搜查，都沒有收穫。容美麗和陳子喬都大感奇怪。

容美麗説，我們晚上沒人睡在這裏，賊人要賺門入屋是很容易的。

子喬點點頭，有道理。

他在鐵閘外加了大鎖頭。鑰匙自己一把，另一把交給太太容美麗。

幾天之後，櫃子裏和保險箱裏又有共五六顆最值錢的鑽石被盜走。這一下他就百思不得其解了。鎖匙兩把，也僅是他一把，容美麗一把。難道又發生了監守自盜的醜劇？容美麗看到他老公眼睛直勾勾地注視自己，氣憤地把一張報紙扔到他臺面上，道，你看看，道高一尺，魔高一丈！這世界甚麼專家都有！倫敦就有保險櫃專家兼大盜，專門向大銀行的保險櫃下手，那種保險櫃性能構造比我們店的複雜多了，盜賊都能解開，我們這算得了甚麼？小兒科而已！陳子喬沒有出聲，對老婆說，你晚上自己吃吧，我有點應酬。

子喬滿腹疑惑，逕自往母親家跑。正好妹妹和妹夫都不在，母親一個人在飯廳吃飯。母親說，晚上就在家裏隨便吃吧。子喬說，好。母親給他盛了一碗飯。

母親問，有了沒有？

子喬反問，甚麼有沒有？

母親說，容美麗的肚子有沒有鼓起來？

子喬說，我們都很少做，怎麼會有？

母親笑道，其實我知道，可是你太顧着自己家庭的一張臉，而我又不願意撕破你們婚姻在一張假臉掩蓋下的真相。

子喬驚訝地問，媽，妳怎麼知道的？

母親說，你們結婚一年多了，除非你們生育方面有問題，但婚前檢查過，不是沒事嗎？媳婦跟我說你們沒用保險套，那麼一定很少做。

子喬對母親的精明一向欽佩。他說，媽，妳厲害啊。

母親說，媽還知道她是變臉狂，視整容為吃飯。那家整容院的醫生是媽的老朋友，告訴我這一年多來，她整容三十幾次，已經花了兩百多萬港幣了。我知道你不喜歡她變臉，不喜歡越來越醜陋的假臉。你平時厭惡整容，無法容忍女子將一張臉內注入那麼多化學物質，植那麼多新的皮，你連睡在她身邊都不安，何況做那種事。你發過牢騷，說和整容女人做愛，就跟一塊大腐肉親密、與魔鬼交配沒有兩樣。媽甚麼都知道，都推論得出來呀。你還給她買車，車子一百多萬港幣；在她母親唆使下，結婚初期，你還送了她一層樓，她套了現金，又賺了兩百萬。

子喬說，這都是過去了的事。現在公司的鑽石被盜，差不多價值一千萬港幣了。

母親睜大了眼睛看他。問了有關細節。

子喬如此這般，將公司最近發生的鑽石失蹤案一五一十地說了。母親聽得仔細，也如此這般地提出了她的看法和意見。

母親說，假的就是假的，遮羞的假臉就應該撕裂開來。你就是愛臉子，將你們的瀕臨破裂的婚姻一直掩蓋住。你還那樣遷就她，公司的總經理位置拱手給她做，你就沒跟我商量過。她大權在握，你用甚麼治她？你甚麼也管不了她。

子喬說，媽，她是鑒定所裏讀了好幾年的、如假包交換的鑒定師，她有資格坐在這位置。我看她不會那樣壞吧。

母親說，這種媳婦媽沒見過，你也不必把她當寶。我們來看最後一幕戲吧！看看是她沒那麼壞，還是媽媽把她想得太壞？母親如此這般地與他商量了一些對策。儘管子喬不太相信那會有甚麼結果，依然按照母親的意見去做，在店鋪隱蔽處設置安裝了一個袖珍閉路錄影器儀。

兩周後，白天，陳子喬把容美麗支使開去，清點了店鋪裏的所有存貨，又缺少了三顆最大的鑽石，價值共值一百萬港幣。容美麗不知道丈夫背着她進行了清點。

他決定不動聲色。那天他想考一考容美麗，下班後請她自己清點，然後問她有沒有少？容美麗清點過後，說，一件也不少。

但子喬對這件事不怎麼積極，他始終不相信這件事與老婆有關，她嫁入陳家後，雖然陳家不是甚麼大富豪，但在這毗鄰香港不遠的新界小鎮也算中上人家，結婚後，容美麗要甚麼有甚麼，都盡情滿足她，她還要盜取那些鑽石做甚麼呢？

他把天眼的錄影帶帶回家，遞給母親。

你不看？母親問。

不會有甚麼奇跡吧？妳看就行了。子喬對母親說。

子喬把錄影帶遞給母親，按了開鍵。母親還是把他拉到沙發上坐。

當晚，在子喬的家，吃過晚餐後，容美麗母女被子喬叫到沙發上坐下來。

子喬也請太太的母親過來，將天眼的錄影帶再仔細「欣賞」一遍。

錄影畫面是店鋪，劃分成四格：一格是店鋪大門的鐵閘內進門處；一格是三邊玻璃櫃檯；一格是保險櫃專室；一格是鐵閘外和馬路邊之間。一會，就有個臉部如塗上白漆的女子拉開鐵閘進入店內。天色很黑。只有街燈，路上渺寂無一個人影。看來是午夜時分吧。如果說剛在的一格那張臉還不清楚的話，那麼進入店鋪後，那張整了新容的女子臉，儘管粉膏塗抹得那麼厚、有意地想以此掩人耳目，但那臉蛋輪廓，那大得令人觸目驚心的青蛙般咧開的大嘴，那身緊身得雙乳暴突乳溝深陷的打扮，不是容美麗是誰？她在靜無一人的店鋪玻璃櫃檯後坐下，將鑽石取出端詳又放下，大概嫌其太小，搖搖頭又放下，接着就進保險櫃專門室，將旋扭扭了多次，保險櫃就被她打開了。她很熟練地將幾顆鑽石取出，迅速裝入手提袋。此時的容美麗，在燈的映襯下，一張剛剛整容的新臉一片滲白，猶如白皮妖精。

這沒有職員上班的午夜，容美麗如入無人之境。

很完美啊，子喬母親諷刺道。

容美麗的母親依然做最後詭辯，妳能證實鏡頭裏的人就是我女兒嗎？

能！子喬母親有備而來，從袋裏取出一迭照片，摔在沙發小枱上。三十幾張都是容美麗三十幾次整容的「變臉」照片。

次日清晨，子喬六時半起來，往右手邊一摸，空空的。

他狂奔到附近母親家，然後驅車到容美麗以前的舊家。那家換了新主人，說屋子早就出售給她。

母親搖搖頭，感歎道，一切設計得那麼嚴密，你就像一條魚，緊緊上了老經驗釣魚專家的魚鉤。整容變臉滿足虛榮心，也方便她行事；婚前她就特地去學珠寶鑒定，做珠寶鑒定師，有備而來。

子喬望着河水，呆呆得覺得一年多來的婚姻生活像一場噩夢，猶如與一張可怕的臉並躺，與狼共眠；他怎樣死都不知曉；現在雖然沒有死，但也已經深受重傷。他想近期和母親出遊一次，散散心，排解凝聚於心底的憂鬱悶愁。

林阿姨的魔錶

林阿姨是開車接送小瑩她們的司機。聽說她手上有隻魔錶，小瑩等人一直很想揭開她那隻魔錶的秘密。

說來話長。

小瑩住在新界的村屋。

小瑩小五、小六時是學校的競走好手，不是奪冠就是居亞。聽說世界名將十公里競走大約需要三十七分鐘，小瑩得意地對爸爸媽媽說，我競走三公里就差不多就要半小時，可是我的年紀只有他們的三分之一，應該算不錯了吧？

媽媽點點頭，笑道，是不錯！

從家居到學校，正好三公里。

小瑩將時間控制得特別好，她每天早晨都是七點四十五分出發的，以她競走比賽保持的速度，抵達學校的時間最遲約是八點二十五分。

八點半是集合在校園廣場聽校長講話的時間。

小瑩沒有遲到過。

但這已經是過去的事了。

小瑩升上初中以來，功課、作業猶如泰山壓頂那樣壓下來。每晚，作業做不完，要留一些到第二天早上上學前繼續做。

小瑩每晚無法做得太遲，十時許，瞌睡蟲已經相約好，攜手大舉地向她進攻了。早上起牀，緊張地洗臉刷牙，緊張地吃早餐，馬上繼續做還沒做完的功課。於是，小瑩無法在七點四十五分出發了。

她得推遲十分鐘、十五分鐘出發，競走變成了小跑。

最初幾次還可以，後來她覺得很累，中途休息一會，她就遲到了。接連幾次遲到，累計三次已經被記了一次小過。

小瑩急了，這一次回家跟媽媽匯報了遲到的情況。爸媽都不忍心叫小瑩太早起牀，他們雖然希望女兒「早睡早起身體好」，但作業實在太多，做不完總不能爸媽幫忙做。

媽媽說：「爸爸已經寫信給校長和老師，希望作業減少一些，讓學生們不要那麼苦；在學校的課堂上，講課也不要塞得那麼滿，可以留點時間讓學生們做作業！」

小瑩說：「真的啊？爸爸這麼敢？」

媽媽說：「意見提是提了，可是人家不一定會改，也許也不是你們一家學校的問題。」

爸爸說：「媽媽說得好。在改以前，我們想，你早上上學遲到的問題一定要解決，給你包一部車吧！」

小瑩聽了大大搖頭道：「哇！太浪費了！那些車費省下來給我買多一點圖書更好呀！」

媽媽說：「不是妳一個人一部車！我們這個屋村與妳同校的有四位同學，我們到學校瞭解過了！可以一起載。這樣車費分攤就不會太貴。」

小瑩聽了，大讚道：「這樣好！」

媽媽說：「小瑩，我們和司機林阿姨說好了，她到我們屋前泊車的時間是八點，最久只等三分鐘。她過了這時間就會去接其他三位，她們三位住得比較近，她們三個一起上車。」

小瑩說：「好的！」

乘校車的日子開始了，一直比較順利。那輛可以坐七人的小包車，總是不遲不早準時在八點抵達小瑩家門口的泊車位。當然小瑩也很準時，七點五十五分，她已經走出門口，或在自己家的籬笆小院內站立，讀手機裏的一些新聞。往往不久，小瑩抬頭，就看到林阿姨駕的車子徐徐開到她家前段小路停住。她看看自己左手腕上的錶，不早不遲，正好是八時！林阿姨會打開車門，繞一個小圈，先對她微笑，說聲「早」，然後拉開機動座位，安排她坐在最後排，又拉回中間座位，走前去坐上駕駛位，將車開出，去接其他同學。

幾乎有一個多月時間，林阿姨風雨無阻、陰晴不改地準時在八時來到她門口接她。只有一次，小瑩因為貪睡遲起，又趕作業，走出門口的時候已經超過八時五分，林阿姨的車等不及了，已經開走了。小瑩只好用競走加小跑趕到學校，抵達學校的時候她已經氣喘吁吁，看看時間，正好是八時二十九分，差兩分鐘就遲到了！

第二天，林阿姨準時來接她時，對她說：「小瑩，昨天阿姨準時在八時來接你，按規定一直等到八時零三分，見妳還是沒從妳家出來，我就將車開走了，去接其他三位同學，如果我再等下去，就會誤事。以後妳可要準時喔！」

小瑩熱了臉，點點頭道：「好的，好的！」

又兩個月過去了。

在學校吃午餐的時候，小瑩和同乘林阿姨包車的同屋村的慧穎、美玲、志高無意中談起林阿姨和她的車，對她的準時都感到很神奇、很不可思議。

慧穎說：「林阿姨開到我家附近的時間，總是八點八分，有時只是提早一分鐘，從來沒遲過。」

美玲說：「是的，那麼準時，我也覺得很奇怪，不可思議！」

小瑩說：「到你們家準時還可以理解，因為從我家開到你們那裏不算太遠，只是路是小路，還沒修好，但基本上沒有甚麼車，控制時間沒那麼困難。來接我是第一站，聽說她家住在六七公里外的嘉美新村，來的路只有一條，還非常塞車！她能做到準時，就不簡單！」

聽到這裏，其他三個人都點點頭，面露疑惑之色。

志高突然大叫：「我看林阿姨一定有一個魔錶！」

在座的三位女生都不解地望着他，不約而同地問他：「甚麼魔錶？」

「控制時間呀！」

慧穎笑他：「你說的是鬧鐘吧！鬧鐘也沒有那麼厲害呀！鬧鐘最多命令她起牀，哪裏能夠在大街上叫林阿姨準時接人！」

志高又半開玩笑地說：「我的意思是林阿姨有一隻魔錶，可以改變周圍世界的時間。」三個女生聽了哈哈大笑，小瑩說：「你在異想天開嗎？」

回家，小穎對媽媽說，她幾次都想問林阿姨是怎麼做到的，但擔子小不敢問。她如此這般地把「偵查」計劃說了，媽媽也早就心存疑惑，當然贊成。當晚，小瑩抓緊把所有作業做完。

第二天早晨，小穎七點二十五分就出門，走到家居對面的小樹林裏的一堵廢牆後「埋伏」起來，沒想到好險！只是一會，就看到林阿姨的車開來了，從她家門前的小路經過。開進小樹林的空地上泊住。小瑩看看錶，天！才七點二十九分！林阿姨開了車門，沒下來，坐在駕駛位讀報紙。雖然距離很近，但她沒有發現小瑩。大約接近八時的時候，林阿姨才將車慢慢開到小瑩家門口停住。小瑩這時已經站在籬笆前，然後上車。

原來如此！林阿姨為了準時，竟然提早了差不多半小時就到了！在她家附近的林子裏等候。難怪做到那麼準時！她早就把塞車等等各種情況預計在內，準備工作做得那麼充足！她只能等三分鐘，也是可以理解的，因為從她們屋村到學校的路雖然走的是另一條，但會影響到接餘下三位的安排，更擔心路上出甚麼問題。

她放學回家將她的偵查收穫告訴媽媽，媽媽也恍然大悟，連說難怪、難怪！

只是母女倆無法解開的問號是：既然那麼早到了，為甚麼不早點在她們家門口等呢？非要等到八點正？

終於在四家媽媽請林阿姨飲茶時，林阿姨解釋了：「提早太多是不行的。你們一看到我提早來到，原來的生活程式一定被打亂，你們會緊張起來，漏這漏那，那很不好！像小瑩，我知道早上有二十分鐘到半小時是做作業的時間，我如果提早到，一定破壞妳專心做功課的心情，容易出錯！」

大家都驚嘆林阿姨的心竟然這麼細！

林阿姨說了她的開車體驗：「我來到你們屋村接你們，如果路程需要半小時的話，我一定再加倍時間提前。我們做甚麼事都要留有餘地比較好！與你們約好時間，就要有信用，不好輕易自己改變，遲到或提早，都會讓對方措手不及。哈哈，如果說我有魔錶，這就是我的魔錶了！」

妳是我最早的夢

結婚進行曲驀然奏響，晚宴場地少說也有三十席的賓客霍地站了起來，掌聲如雷。

老王挽着我的手臂，從門口徐徐步入，後面跟隨着一大群家族中的親戚，老老小小男男女女。半空中響着汽球爆破的聲音，五顏六色的紙屑像天女散花般，從恭賀者握在手中的管子射出去，又紛紛像七彩煙花般撒下來。落得一頭都是。

我悄悄地對老公說，都這把年紀了，還搞慶祝？會不會遭人嘲笑？嫌活得太長了？老王一本正經地，也用了細如蚊子的聲音說：笑甚麼笑！你到周圍認識的人中去找找看，有多少夫婦結婚結了六十年還雙雙健在的？嗯，說得沒錯。參加幾個街坊和社團的春茗、聚餐、聯歡，「派利市」的敬老活動，上臺的清一色都是老太婆，不見老公公。老公公都見上帝囉。模範夫婦？了不起是珠婚啦，紅寶石婚啦，金婚啦，「執子之手，與子偕老」，老到結伴超過六十年，真的極少極少。慶賀一下真的有理呀。

回想這次和老公的鑽石婚慶賀晚宴，要不是幾十個子孫盛意拳拳要為我們慶祝並做大做好，我們豈敢想像？一席最低消費一萬港元，三十圍最少要開支三十萬。我倆怎出得起？下一代還說，不要賓客送錢，送禮。那真是大手筆哩。兒女子孫家家事業有成嘛。

我們坐在舞臺上一列椅子中央。像壽星公壽星婆接受親友的祝賀。又像佈景板般，左右後面或站或坐地圍滿人，任記者拍照。老王情緒極佳。望着他那鶴髮童顏，想到他幾次生病都挺了過來，正合了俗語所說：「小病是福」。到了近幾年，越老越精神哩……正當歲月如同舞臺兩側的布幕徐徐展開，一陣陣呼喊自台下傳來：「親一個！親一個！」

還沒怎麼準備，一臉通紅羞澀的老王已轉首望我，向我眨眨眼，一張嘴就向我的雙唇湊近。台前二十來歲的男女大樂，拚命鼓掌，等着看好戲。我急得喊叫：「臉頰就行！臉頰就行！」老王的嘴兒觸到我右頰上時，有十幾個人抓起數碼機拚命拍攝。

……宴會進行中。老王將一塊韌硬的鮑魚片從他的碟挾到我碟中：「妳多吃一個，給你。」舞臺上有歌舞，但沒能看下去。腦海內儘是流逝的昔日風景，看到了六十年我們共同走的那些漫長的人生路，不知是怎麼走過來的。我耳朵利，聽到鄰座朋友在說他們子女的婚姻故事。這個說，女兒結婚不到三年就離婚了；那個說，兒子今年交了第三個女朋友。更驚人的是有兩三席，分居者十有八九。今晚均是其中一半出席。間中也在傳着一位七五老翁臨老人花叢，再結第二春的故事……這時，居然令我有一種今晚舉辦此類鑽石婚宴有點不合時宜的感覺。

終於曲終人散。夜色正好，我們到海濱大道漫步。

老王緊牽我手，還十指相扣哩。遠近山巒燈火閃爍，彷佛是夜天上的星星。遠處的海似乎有些迷茫。然而歲月的影像何等清晰，叫人心悸和懷念。當年老王那把有勁而溫柔的聲音此刻還是那樣一字不差地響在我耳畔：「好不容易把你娶到手，如果我們在一起能到六十年，我一定要大大慶祝一次！」如今，不需要我倆費周章，自有子孫兒女們為我們張羅一切……。」

「誰也沒想到我們會活到今天。」我說。

「當年的許諾，竟是一語成讖！」

我和他不知怎的就議論起今晚宴會上的情形。他說：「也很絕，把當年追求妳的人都請了來……」

「正好坐滿一席。好坐不坐，我們把他們安排坐在一起……」我接着說，先後發出了爽朗的哈哈笑聲。

「是我的建議，也是我的傑作。可看來妳很受落嘛。」

「你那些玩笑……」雖然是沒大沒小的，老公那些玩笑，弄得人家好不尷尬，可是我好不開心。七老八十的人囉，能活着，就是一件樂事，誰還會計較，還會生氣呢？……我接着說：「你對老陳說：『我幫你完成了任務！』又對老林說：『今晚的男主角差一點是你而不是我！』又對老潘說：『幸虧情書寫得比你勤，不然……』，對老鄭說：『……』……弄得人家一個個臉上通紅，一時啞口無言。」

「惡作劇嘛，惡作劇嘛……」老公說：「都這把年紀了，沒關係的，他們都不會生氣嘛。有沒看到老張和他太太？」

「看到了。」

「老張說過，當年在學校裏暗戀過你，後來妳離校，他就找了一個容貌跟妳有點相像的，我看老張太太一點都不像妳！」

「你別搞錯，他說的是他的第一個女朋友，不是這一個；第一個女朋友沒有追到……」

「嗯，是吧。那是我記錯了。」

走得有些累，我們尋找樹蔭深處一張長椅坐下。彼此仍沉浸在往日的歲月裏。

「把那些當年妳的追求者都請來，妳好開心吧？當年我排在追求妳的隊伍的最末尾，條件可能不如人家，我也沒料到成為笑到最後的一個，贏得美人歸！」老公連捧帶哄，博我一笑。他很少如此。六十幾年來一起生活，他沉默慣了。含蓄內斂、誠實寡言的他，很少在我面前表露他的感情。如今他居然好像又回到了精力充沛的戀愛時代，我彷彿也回到了啥事都不懂的女生歲月。

我忽然又想到晚宴上，老林大膽地向同席者說的，似乎是半開玩笑，其實是頗為認真的宣佈：「今晚的女主角，不瞞大家說，是我愛情史上的第一個。」我跟已有些睡意的他說了。他輕輕地搖搖頭，鬼魅神秘地笑。我看到他微閉雙眸，嘴上含糊不清地念念有詞：「第……一……個……？我比他更早……更早……哩。」

是不是他的好勝？怎麼可能。

歲月迅速倒流，在腦海中展開。六十多年前，他在大學，快畢業了，我卻千里迢迢從海外來到廣州，本想繼續讀大學，但沒料到中國大陸的十年動亂，令這單純的願望成了泡影。老王常說我和他的結合十足十是天意。所謂「千里姻緣一線牽」。冥冥之中似乎有安排，他在大學的那麼幾年，不知在等甚麼？眼看人家戀愛談得熱火朝天，有的甚至還偷偷地結婚，在校外租房子、生孩子……惟獨他，形影相弔一個人；大學內，竟沒有一個相中的、喜歡的。「都是一些素質不高的。」他常常說。還說：「遲戀愛有遲戀愛的好，上天把妳送給我」、「這一生，最大的成功，不在事業，而是在茫茫人群中找到你。你成了我另一半。因為沒有妳的協助，事業也不可能獲得成功。」……這些都是他進入晚年喜歡說的話。

可在當初，久別之後的見面，他對我，只是一種近乎哥哥關心妹妹的純樸感情。着急的只是我的前程，沒能繼續讀書的着急。一直到第二年，他為我拍了一張站在露臺拉手風琴的照片，洗了出來，寄給我一張，他自留一張，天天望着這一張照片，那種出諸傾慕、喜歡的男孩子對少女的愛戀感情，才如火山爆發出來。

當時我在廣州、上海等地飄泊無定，他的愛全集中在我。情書是兩天一封短的，三天一封長的寄給我。搞得我一顆心被擾亂。重重憂慮：時局混亂，心情難定，前途茫然……令我很難很快答應他。何況老林當時在廣州，早在海外對我好感，又追上門來。今日邀我出外逛公園，明天請我看電影。英俊帥氣的他，成了老王的勁敵。當時我住在他老王大嫂家。這大嫂當然也希望她的小叔和我的戀情能夠開花結果，取得成功。當然她也成了他的義務的，最佳情報員。從此老王的情書攻勢展開得更猛，直炸得我心兒大亂。從海外到大陸，那些追我的，他幫我統計了近乎一桌，從來不見有哪一位，像他那樣堅持，那樣狂熱，那樣瘋狂，不分日夜地寄情書過來。他的大學同班同學，其中一位還跟他同宿舍，眼見他那兩三年來對我的馬拉松持久戰，竟忍不住也寫信給我，報告他的狀況：他如何茶飯不食地思念我，整個人瘦了一圈……我想不到他竟是這樣癡情的情種啊。他的堅持、忍耐，令我動了心。「不管妳是不是愛我、喜歡我……我會愛護妳一輩子。」他的信不斷重複這樣的意思。顯然，我對他如何都不重要，最重要的是他會愛我、對我好。這是他的戀愛觀，完全屬於奉獻型的。世上的愛有很多種。每個女性都不同。他的條件不是最好，但卻也不太差：大學生、勤奮、誠實、堅持……長相也合格。我的拒絕，實在也不忍心、太殘忍了吧？何況，已沒有太充分的理由。男女戰爭進行了三年。我抵抗了三年，他就進攻了三年零一天。正當我的追求者們先後淡出，紛紛退出歷史舞臺，他猶沒有放棄……最後，終於站在岸上笑了……後來，我回想這一段經歷，我是這麼認為的：老王的堅持、決心和韌性，使他最後達到了成功。我對許多人都這麼說，情之所至，金石為開嘛！

「可惜，那些情書都沒留存。」有一次我說，他卻持相反意見：「留存來做甚麼？封封寫得太真太直，一點文學價值都沒有呢。六十年來的我對你專一如昔，何必去留戀那些情書？共同生活那麼久，本身就是一部寫不完、讀不完的情書哩。哈哈！」

說來，這可能也是他的個性吧？沉點而寡言、低調……三十年的珠婚紀念日搞過一次喜宴慶祝之外，平時他很少在公開的文字提及我，甚至結婚後，在二十來歲到五十來歲那些時期，在馬路上逛街，他也少有對我牽手又摟腰的。一直到從五十進入六十歲，他才情心大發，童真又萌，有時興致一來，半瘋半顛地對我又搭肩又摟腰又拖手的……他說：「人家那種牽手算甚麼，我可以十指相扣！」說着，他就用右手五指交叉地扣入我右手的五指，一股暖意傳遍全身。

今晚，老林說的，我是他愛史上的「第一」，他不服。老王這種不服，以前已有過幾次。

「那你說我是你最早的夢，我怎麼沒聽你說過？你不要聽人家說，心中不服才這麼說。」

「我怎麼有機會說？何況，妳從來沒有問起。再何況，妳是從海外突然回來的，誰會想到我生命中會出現這情節呢？」

老公這麼說過；但他卻始終沒有解釋，也沒有拿出有力的證據。

這，也變成了我心中一個最大的謎團。

我為甚麼是他最早的夢？竟也成了他的第一？……

夜風微微拂來，有些涼意。我聽到身旁老王節奏有致的鼾聲。我搖了搖他。

「夜深了。走吧，回家。」我說。

雙雙躺在牀上。不知怎麼的，一點睡意都沒有。他似乎有備而來。不知甚麼時候從哪兒取來的，他手中竟抓握着一張黑白照片。他遞給我看，頓時，我嚇了一跳。

老王嘻嘻笑起來：「當時我們都在海外，我住在Y國首都，妳在小市鎮D埠，正當妳和妳母親來首都探親時，來探望過我們，還住在我們的家……妳回去之後，我就老想妳了。但妳從此沒再來了。後聽老爸說，妳喜歡集郵，還和我二哥通起信來，交換郵票哩。那時我已到中國大陸。從此，妳變成了我童年的夢。這個夢是充滿了愛的，雖是青澀、極不成熟，但老是在日後十幾二十年的夢裏出現。老想着為甚麼交換郵票的是如今已不在世的二哥，而不是我？你也明白在我大學五六年的生涯裏，我沒有追求過任何女孩，仿佛在等着誰。我們不必迷信，但應該相信緣分。如果不是我童年的夢，妳是我的第一，怎麼會有這麼巧的安排？……」

他說得很興奮，將室內的燈全開了。繼續說下去：「我始終沒有向妳說出這童年的夢，畢竟它還那麼幼稚和朦朧。再說，初見妳時，妳長大了，那麼高挑，十七歲，黃毛丫頭十八變……我還不習慣，喚不起童年的任何記憶。一直到第二年，才開始向妳表示追求之意。人不是越到老越念舊，越久的事越清晰如昨嗎？我回想起來就是那麼回事了啊：妳就是我童年的夢，最早的夢，終於在我們年輕時候圓夢，而在我們的晚年，重現了那些夢……」

我將照片仔細欣賞。那是在他Y國J城的家。籬笆小院裏，夾竹桃盛開，辣椒樹開滿一院。在小天井裏，露天地設置有一些石制的小籐椅。我猶記得他家那時還養着一隻小黑狗。照片中的他坐在石花槽邊，傻乎乎歪着嘴笑，我則站在他左側，頭額高高的，一臉靦腆羞澀。

「怎麼會有這張照片？我都已記不起來。」我說，且努力地追憶。

「應該是愛攝影的老爸為我們這對姨表兄妹拍的。」他說：「如果妳不是我童年的夢，我怎麼可能珍藏那麼久？」

「為甚麼六十年前，你追求我時不拿出來？」

「那時我的東西和心情一樣亂，正好是十年動亂，我沒清理出來。」

我再次端詳照片。忽然之間，靈光一閃，歲月迅速倒流，準確無誤地在那一年停住……沒錯啊。

那一年，我正值七歲。

「嗯，妳不錯是七歲，已是我的夢了。這個謎，一直到半個世紀之後才向妳解開。論排隊追妳，我排最後；論第一和最早的夢想，我卻可以擊敗所有人。哈哈。」

戴着鐵鏈跳舞的藝術（後記）

●東瑞

越來越覺得微型小說難寫。主要是字數受到嚴格限制，行內人的共識是不宜超過兩千字，比賽卻多數要求在一千五百字以下。真猶如戴上了鐵鏈舞蹈。

小小說是一種掌上小說、智慧小說、平民小說，哲理小說、精緻小說，實在不簡單。我們見過不少寫作人，只能寫短篇以上的小說，一旦想進入此領域，就顯得手足無措起來，寫不出一篇像樣的。小小說確實有其獨特的文體要求，是一種頗為完美的藝術。

小小說就像迷你的寶石、水晶握於掌中，是一種掌上明珠。智慧小說是指其思想內容上的含金量濃度很高，方能在很短的篇幅內讓讀者得益、深思和感悟。平民小說是指其深入淺出，為普羅大眾所喜聞樂見，有着廣泛深厚的讀者基礎。哲理小說是指不是故事而已，是比一般有頭有尾的故事更有深度的、讓人百讀不厭的、未必有結局的思考性甚至爭議性甚強的小說。精緻小說是指其內容精緻、語言精緻、形式精緻，是一門最精緻的藝術形式，值得我們摩挲玩味。如果從這幾方面去要求，那就可以看到小小說之難。

本書作品發表於香港的大公報、百家、城市文藝、香港作家、澳門日報，印尼的千島日報、國際日報；台灣台北的文創達人誌、金門文藝、金門日報以及中國大陸的一些選本和月刊。感謝報刊編輯的關照和支持。藉此篇幅，我也十分感謝好友、才女周小芳為本書題寫書名（封面和扉頁）和校對，感謝她多年來讀我的書和對我的鼓勵，感謝瑞芬的序，談到了我小小說裡的有關故事以及支持本書的出版。